富者的遺言

泉正人 著

劉格安 譯

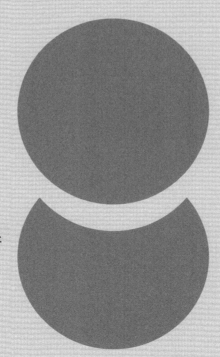

改變人生的致富格局

富者の遺言

**お金で幸せになるために
大切な17の教え**

目錄

第1章

開始

不過就是十塊錢……
那樣真的可以嗎？

二〇一一年十一月十一日　下午四點

傍晚時分，夕陽西下。

太陽把我的臉染得赤紅。

「已經傍晚了啊，我在這裡多久了呢？」

◆

後藤英資旁若無人地說著，但沒有任何人回話。周圍並非空無一人，有很多孩童與女學生在他身旁來來往往，只是他說出口的話實在細如蚊蚋。

他的身心已衰弱到如此程度。

◆

「就算我一直待在這裡，大概也沒人在意了吧……」

最近這幾天，我有事沒事就來到百貨公司前的噴水池廣場。

這裡的空間要稱作「廣場」似乎有點勉強，說是連接百貨公司本館與別館通道旁的休息區，可能還比較貼切。

但我非常喜歡這個地方。

乍看之下隨意放置的玻璃桌，隨著每天日照光線的強弱，展現出千變萬化的風貌，再加上通道沒有天花板，夏天應該也能在特等席觀賞到雨過天晴後的彩虹吧。其中我最滿意的，就是任意散置的椅子，看起來雖然簡單，仔細一瞧卻很有風格，差點讓我受到衝動驅使，亟欲得知是哪個設計師設計的。唯一可惜的是，因為放著任由風吹雨打，所以那些擺設都有點髒了。不過這樣一來，鮮明的設計風格就稍微黯淡了些，對現在的我來說，反而更顯得賞心悅目。

我會發現這座廣場是在三年前，每天從家裡開車上班都會看到。當時只覺得「喔，這種地方有廣場啊。」因為三年前的我，工作忙到根本沒有多餘的心力去注意這座廣場。

然而，如今卻人事全非。

我會看到長椅上有油漆剝落的痕跡，尋思著這是多久以前打造出來的；或是讚嘆噴水池噴出水來的時機，竟然能設計得如此精準。現在的我，有的是時間思考一堆無關緊要的瑣事。

只是——我身無分文。

不誇張，豈止是「無」的程度而已，根本是一貧如洗，但我還是「有」一樣東西，那就是負債。而且是三千萬元的負債。

我之所以整天想著長椅油漆剝落的程度或噴水池的設計，純粹只是想讓自己稍微擺脫置身的現實而已。我現在能做的，大概也只有這些了吧。不，更正確來說，我希望我能做的只有這些而已。

「天色變暗了，還是回家吧。」

嘴巴上是這麼說，身體卻站不起來。反正就算回去了，也只是在空無一人的廉價公寓小房間裡睡覺而已。如今能夠待在那間公寓裡的天數，也只剩不到一星期了……

不過我還是躊躇著不想回去，即使那個地方比這裡溫暖。

如果回家的話，真的就變孤身一人了。我拚命尋找著繼續坐在這張長椅上的理由。

「回家嗎……我不想回去……回家嗎……不，我不想回去。」

每個經過的行人，看到我這個坐在長椅上面色凝重、喃喃自語的男子，都投來異樣的眼光，但只要一對到我的眼睛，每個都撇開頭快步離去。

「流行這種事還真是空虛啊……明明大家之前那麼愛來我的店。」

我這麼嘀咕著，內心不禁湧起一股憤怒與哀傷交雜的情緒，於是我猛然站起身來，直視前方大喊道：

「我到底做錯了什麼！我明明就盡力了！我根本就沒有錯，只是運氣不好而已，就只是運氣不好而已！」

真希望有人能夠附和我，說我沒有做錯任何事。我的內心，充斥著可悲的自怨自憐。

「……可惡。」

回過神來才發現，我的雙眼泛出一層薄薄的淚水。我只能坐回長椅上，等待心情平復。

二〇一一年十一月十一日　下午五點

秋陽完全落下，夜幕瞬間降臨。街燈陸續亮起，我的周圍也開始蒙上一層人工的光線。

但是看看我自己，雙眼空洞無神，裹著大量生產的厚外套，身體微微顫抖，看起來八成像隻可憐的小動物。

「好想來杯熱的……」

我把手伸進外套口袋裡，拚命尋找零錢。左邊口袋有一枚，右邊口袋有兩枚，我頓時感覺全身都鬆了一口氣。

不過，當我用手把硬幣掏出來以後，一股更大的失落感朝我襲來。

「還少十元。」

手心的硬幣數量怎麼數都一樣。

「連一杯飲料都買不起嗎……」

就在我嘆了一口氣，終於決定要從長椅上起身時，背後傳來一個聲音。

「這個。」

確實有個聲音從黑暗中的另一頭傳來，溫柔堅定的語氣聽來有些悅耳。

「你是誰？」

我凝視著黑暗中的另一頭。終於，模糊的身影變成清晰的輪廓。

「這個，你不介意的話，可以借給你。」

站在那裡的，是一位身材高大的優雅老人，手上拿著十元硬幣。外表大約七十歲，但或許是姿勢端正的緣故，看上去相當魁梧。老人留著白鬍鬚，臉上露出微笑，踩著緩慢卻毫不猶豫的步伐朝我走來。

「拿去。」

老人把十元硬幣交到我手中，用力握了一下。

「謝、謝謝，但我不認識你，這樣真的可以嗎？」

雖然覺得有點可疑，但我還是決定接受老人的好意。他的口氣十分溫和，同時有種難以言喻的魄力，叫人無法拒絕。但接受老人好意的最大理由，還是因為我無論如何都想喝上一口熱飲。我把硬幣投入廣場旁邊的自動販賣機。因為一邊摩擦凍僵的雙手，一邊急著投入硬幣，所以有幾枚硬幣差點掉落。

好不容易投完所有硬幣，正準備按下我喜歡的皇家奶茶按鈕時，背後再度傳來一個聲音。

「那樣真的可以嗎？」

當然，是那個老人的聲音。

我聽不出老人說那句話是什麼意圖，不禁大聲反問。

「什麼？」

「我問你那樣真的可以嗎？」

「我不明白你的意思……」

老人緩步走近，擋在自動販賣機的前面。

「我的意思是，那樣真的、真的可以嗎？」

老人維持著同樣溫柔而充滿魄力的聲調，重新再問一次相同的問題。

「你到底想怎樣？」

完全不理解老人意圖的我，隱隱約約有種煩躁的感覺。

雖然這個老人確實借給我十塊錢，我當然也很感謝他，但那也不過就是十塊錢罷了，才借了十元就想對我喝的東西指手畫腳的，我可受不了。我當然知道這樣很幼稚，但我現在無論如何就是想喝到一罐熱奶茶。

我直截了當地對老人說：

「我知道錢是跟你借的，不該講這麼失禮的話，但我想喝什麼是我的自由吧。」

「……」

老人聽了我猶豫一番後說出口的這句話，什麼話也沒說。

「該不會……你因為我跟你借十元時沒有向你鞠躬，所以在生氣吧？」

老人依舊沒有回答這個問題。

「你可以說句話嗎？雖然有點遲了，不然我現在就這樣給你鞠躬，拜託你可以放過我了嗎？」

我表現出一臉抱歉的態度，乾脆地低下頭，試圖將這個狀況矇混過去。

不過老人見到我的態度以後，依然不為所動。

「你要這樣講的話，不如把頭再低下去一點。」

老人面帶微笑地看著我的眼睛說道。這意料之外的一句話，似乎是故意在激怒我，但我還是勉強擠出笑容，這樣回應道：

「才十塊錢而已，你可真敢要求耶，把頭低下去就可以了吧？好啦，謝謝您的大恩大德！」

我自暴自棄地對著站在自動販賣機前的老人低下頭。

老人見到我比剛才更恭敬地低下頭，說出了更令人訝異的一句話。

「可以再低一點嗎？」

我瞪著老人，懷疑起自己的耳朵有沒有聽錯。

我絕不是個沒耐心的人，但老人這樣得寸進尺地提出不合理的要求，實在令人惱怒。低頭謝罪這件事，刺激到我心中痛苦的回憶。

但我忍住沒有將怒火爆發出來，因為我的腦海中，清楚浮現出太太與孩子的臉。

（在這裡跟這個老人吵架也只是白費力氣，而且還會給惠美與愛子添麻煩吧。本來就已經添夠多麻煩了，我不能再為了這種無聊的小事節外生枝！反正也不會少一塊肉，待會還是趕緊回家吧。早知道就應該早點回家才對，回家以後，就把今天發生的事忘得一乾二淨。）

仔細傾聽內心的聲音後，我又恢復了冷靜的判斷能力。

「我知道了。」

我把稍微清醒的腦袋深深低了下去。

然後就在準備抬頭的瞬間，我突然徹底領悟到老人想告訴我的事。

「原來是這樣……」

在我低垂的視線前方，有一列寫著「熱呼呼～」的字樣。那是第三排。這台販賣機的陳列共有三排，其中最下面的那一排，也就是第三排，放的是「熱飲」。上面第一排與第二排是「冷飲」的品項，我因為太急著想要喝到奶茶，所以一看到第二排的奶茶，就想要按下按鈕。

沒想到我自以為「寒冷的天氣裡，自動販賣機不會有冰奶茶」，還先入為主地認為「就算有熱奶茶，也不會放在第三排才對」，再加上「想趕快買到奶茶暖和身體」的欲望，掌控了我的心智。如果不是這個老人出手阻止，我恐怕已經買下「冰奶茶」了。雖然聽起來有點小題大作，但對現在的我來說，真的是「成也奶茶，敗也奶茶」。

老人好像發現我注意到這件事，又接著說道：

「你是個老實人，連我這個老人提出的過分要求，都乖乖照辦……」

老人把販賣機前的位置讓出來以後，露出更開懷的笑容說：

「那樣真的可以嗎？」

這次我充滿自信地答道：

「可以的，沒問題！」

同時，我發現自己竟然久違地露出笑容。

「真好喝……」

一股暖意流入我的喉嚨。熱奶茶沒用太多時間，就融化了我的身心。老人見到我迅速恢復元氣，似乎很高興。

「真是神奇的東西。」

老人的話讓我回過神來。

「奶茶到處都有在賣，但對現在的你來說，應該是很特別的飲料吧。」

被猜中心思的我，立刻轉頭看著老人。

只見老人面不改色地站在原地。

「我不知道你是何方神聖，但今天真的很謝謝你，還有……」

「還有？」

「我剛才的態度太輕浮了，真的很抱歉。」

我再次深深鞠躬向老人表達謝意，同時也為了我的無禮道歉。

「不會，我才是。」

老人也向我低頭，然後繼續說道：

「能夠遇見你，真的太好了。」

我鬆了一口氣，轉身準備走人。

但就在這個時候，老人叫住了我。

「有件事情，你可以答應我嗎？」

聽老人這麼一說，我略帶緊張地回頭看向他。

「剛才的十元，你以後會還給我吧？」

老人一臉認真地說著，跟剛見到他時的表情一模一樣。

我的身體頓時僵住。不過，老人又接著說：

「等你重新站起來，可以自由使用金錢時，請你一定要還給我。」

（……什麼啊，原來這個老人是想鼓勵我嗎？八成是因為我剛才一直流露出十分沮喪的表情吧。）

「可以啊，我一定會還你的。我不會忘記這罐熱奶茶的恩情。到時候別說是十元了，如果我真的能夠東山再起的話，我會把十元變成一百萬元還給你。」

「那可不行。」

老人在我眼前大大地搖了搖頭。

「嗯？為什麼？」

「那樣太多了。」

「太多？」

我摸不清楚老人的意圖。

「那要多少你才願意接受呢？」

我小心翼翼地探問。

「這個嘛……如果要還我的話，大概十二元最合理吧。」

「什麼？十二元？不是吧，這是心意的問題。我現在託你的福才能這樣喘口氣啊……等我以後發達了，連一百萬元也能隨便拿出手的時候，我肯定會還你的，所以就請你收下吧。」

我一邊心想「這個人還真囉唆」，一邊說著好聽的場面話，試圖結束這個話題。

然而下一秒鐘，老人的口中卻迸出一句令我意想不到的話。

「……難怪你會破產。」

「什麼？」

老人的聲音雖小，卻已足夠讓我感到心煩意亂。

「你似乎太不了解金錢了。**草率馬虎、模稜兩可，興致一來就大肆揮霍……**你就是這樣才會把公司給搞垮了。」

老人說的話讓我產生激烈的反應，剛才感受到的怒意再次翻湧而上。

「你這人說話也太沒分寸了吧！你究竟是什麼人啊？」

「**我是鬼牌**。」

「鬼牌？你說撲克牌的鬼牌？」

「對，沒錯。」

老人答得一副理所當然的樣子。

（這傢伙到底是怎樣？）

我心想不能再跟這個老人瞎耗下去了，便一言不發地轉過頭去，準備朝另一個方向邁開步伐。

「你知道嗎？日本大型銀行一年收到的利息總額是多少？」

「……」

「大約是五兆元喔。反觀他們付給客戶的利息總額只有幾千億元而已，中間的差額全都是銀行的獲利。根本就是收集社會大眾的錢，再借給社會大眾，就能賺到這麼多，很好賺的一門生意吧。」

老人像在自言自語般對著我的背後說道。我對於五兆元這個數字覺得很煩躁。這個老人究竟想說什麼？我朝著他轉過身去。

「你知道『利息』這個詞吧？」

老人簡直像在問小孩似地，緩緩對我提問。

「請別把人當成笨蛋，我好歹也是經濟學院畢業的。」

「我剛才給你定的利息是二〇％，你不覺得二〇％的利息太不合理了嗎？給你定二〇％的利息，是因為你沒有信用。」

「你太失禮了吧。」

我試著用苦笑帶過，但老人不以為意地繼續說道：

「但那也是當然的，我今天第一次見到你，完全不認識你這個人，包括出生年月日、家庭成員、職業經歷一概不知。而且在這種時間，你似乎已經在這裡逗留了很久。如果是可以優哉游哉、不必在意時間的人，連買飲料的零錢都沒有也說不過去。如果是上班族的話，這個時間要不就是在加班，要不就是在前往聚餐地點的路上吧。不過你好像兩者皆非。如果從所有條件來考量的話，這個利息還算低估了，換作是銀行肯定連借都不會借你吧。」

老人一句接著一句淨戳我的痛處，令我的情緒已超越憤怒，到了啞口無言的程度。但若不反駁些什麼的話，又無法消除我內心的鬱悶。

「我的信用水準或許很低沒錯，但你不過就是借給我十塊錢罷了，有需要這樣一一挖苦我嗎？」

「哈哈哈，你一定常常那樣想著『不過就是十塊錢』，然後到處欠債吧。」

我不由得暗自一驚，因為他說的完全沒錯。不過我是有自己的苦衷的，但我現在實在沒心情一五一十向這個老人解釋。

「我可不希望你誤會什麼，畢竟我也給你提供相當優惠的寬限期了。我說『等你重新站起來，可以自由使用金錢時』的意思，幾乎等於是沒有期限。從你現在的樣子來看，恐怕要等到天荒地老了。不，我甚至懷疑，究竟會不會有那一天到來都不知道呢。」

我痛苦不堪，語帶譏諷地回道：

「我好像有點知道你為什麼說自己是鬼牌了。能在這麼短的時間內把人的心情搞得這麼差，可不是普通人能辦到的事。」

老人笑著向我道謝。

「哈哈哈，謝謝誇獎，今天真是有趣的一天。」

這個老人肯定是吃飽沒事幹，他一定覺得自己找到了一個打發時間的好對象。

但想跟我談這種話題，他可找錯人了。

我以前可是在銀行上班的耶。

如果我告訴他這個事實的話，他一定會很驚訝吧。正當我思忖著要什麼時候攤牌時，老人突然一臉認真地向我問道：

「你好像很疑惑，為什麼我要向你囉哩叭唆說這麼一堆吧。剛才我阻止你失手買下冰奶茶之後，其實你**還有三個選擇**，**一是直接改買熱奶茶**，而另外兩個選擇是……」

老人吸了口氣，像要開導我一般說道：

「**不要買熱奶茶**，或是**走到距離這裡三分鐘外的超市**，**去買一百元以下的熱奶茶**。當然，超市裡的奶茶不能保證是熱的，但你還是可以先去那邊確認。」

話是這麼說沒錯……

「但我現在就想在這裡喝到熱奶茶啊！」

「沒錯，你剛才很堅持『現在』就要，你想要『現在』立刻暖暖身子。但就是因為你跟我借錢買奶茶，『現在』才會像這樣被迫聽一些一點也不有趣的話題。」

這個老人到底想說什麼？

他是為了什麼目的才刻意接近我的嗎？

「你到底是什麼人……？」

老人優雅地笑了笑，再喘口氣，不疾不徐地說：

「我是鬼牌，你的鬼牌。」

老人說著，緩緩舉起手臂指向我。霎時，在七彩光芒照射下的噴水池，彷彿魔法一般，朝著秋天的夜空噴出水柱。

我的內心萬分糾結，兩種念頭互相打架，一部分的我「想要了解這個人」，一部分的我又覺得「不應該跟這個人牽扯太深」。

老人與我的漫漫長夜就此開始。

第2章

選擇

從擁有金錢的那一刻起，
人就必須做出選擇。
要如何使用？
又要何時使用？

老人臉上浮現柔和的笑容，悠哉地佇立在我面前。

（是在戲弄我嗎？還是真心的呢？如果是真心的話……應該有什麼目的才對啊……目的？那會是什麼樣的目的呢……？）

老人走到我剛才坐過的長椅旁，優雅地坐了下來。接著，他緩緩地繼續說。

「錢這種東西很神奇，人從擁有的瞬間開始，就得做出選擇。要用掉嗎？不要用掉嗎？用掉的話，要用在哪裡，又要什麼時候用呢？

「但幾乎所有人都會衝動地花掉，不經過任何思考。

「因為現在需要，所以『現在』就要用掉。」

我完全屈服於這個自稱鬼牌的老人魄力之下，只能默默聽著他說話。

「你本來差點就要買下自己不想買的東西，接著又堅持馬上就要，主動放棄了更便宜的選擇。」

「……對，你說的都對，我就是想盡快暖和身子，一點也不想離開這裡，而且販賣機的螢幕太暗了，根本看不清楚。」

「在金錢上犯錯的人，有九成都會搞錯時機與選擇。」

老人如此回應我的滿嘴藉口。

「會搞錯如何使用金錢的人，幾乎都沒注意到這件事。他們往往怪罪於人、怪罪於天候或氣溫，然後一再地重蹈覆轍。」

這個老人怎麼可能懂我現在置身的狀況與我現在的心情！

「但我沒有那個閒情逸致。就像你說的，對剛才的我來說，連去附近的超市都很麻煩。」

「錢這種東西，真的很神奇。如果你身無分文的話，還有可能會想喝什麼奶茶嗎？應該早早就死心回家，把煮水壺放在瓦斯爐上，喝煮開後的熱水了吧？不過是有了幾塊錢，你似乎就無法做出正常的判斷。人好像只要有錢，就會無來由地想花掉。」

說什麼蠢話！

聽到如此失禮的言論，我氣得想要反駁回去，沒想到下一秒鐘，老人更是毫不客氣地說道：

「現在的你，就是個連一百塊錢也支配不來的傢伙。」

這個老人不斷地愚弄我，但說到如此斬釘截鐵的程度，讓我連反抗的力氣都沒有了。

「算了算了，抱歉啦，大概是我教養不好，狗嘴裡吐不出象牙。」

「……不，沒關係，因為您說的沒錯。」

「我說人只要有錢，就會想花掉，從大型家電、電視，到新房子、新車，每一個賣東西的業務，都會對迷惘的客人說同一句話：

「**『現在買正是時候。』**

「這是一句有魔法的咒語。迷惘再久的客人聽到這句話，都會不小心鬆開錢包的拉鏈。」

「是啊，畢竟是專業銷售人員的意見，知識也很豐富，所以具有說服力啊。」

「現在買正是時候有兩個意思，那究竟是對客人來說買得正是時候？還是在市場上買得正是時候呢？

「從另一個角度來說，現在買當然正是時候啊，因為買的人就是想要那個商品，才會來到賣場，自然對那個人來說買得正是時候。銷售人員說買得正是時候，是『對買的人來說』正是時候的意思，而不是在市場上買得正是時候的意思，但**我們真正想知道的應該是後者才對**。」

我同意老人說的話。回首過去，我自己也有好幾次的經驗，用這套正是時候的說詞，說服自己掏錢。

「再來，關於選擇的部分，應該也沒有必要說明了吧。人會基於這個商品比那個商品好的理由，來做出選擇。

「不過所謂的好，究竟是功能好還是價格好，人往往會不小心混為一談。況且每個人或多或少都有為了省錢而買到爛貨的經驗，所以愈是像房子或車子等大型消費，愈會以功能為優先考量做選擇。

「但那樣買下來的東西，幾乎定價都會比它本身的價值還高。如果是房子或車子的話，明知道等兩年就可以用更便宜的價格，買到中古車或降價後的舊款，卻寧可**選擇花更多錢**。**那只是一種藉由花更多錢來買下安心感，確定自己沒有做錯選擇的行為而已**，並不是真的依據物品的好壞所做出的選擇。」

第3章

支配

世界上的財務規畫師中，
真正的有錢人寥寥可數。

「在手頭不寬裕的狀態，也就是沒錢的狀態下，人的判斷力會變得更遲鈍。所有事情都想照自己想要的方向去解釋，不再動腦去思考，就像你剛才急著想把錢花掉一樣。」

「沒辦法啊，當人變得很迫切的時候，根本無暇瞻前顧後，因為我們不是那麼堅強的生物。」

老人很誇張地搖了搖頭。

「從目前為止的談話聽來，或許是這樣沒錯，但從經驗上來看，我還發現了另一項事實，那就是——

「人若擁有與格局不相稱的金錢，一定會犯下錯誤。

「比方說，你知道那些在美國有優異成績的運動選手，退休後有六成的人聲請破產的事實嗎？

「美國的職業運動圈，正如你所知道的，會支付天價的酬勞給選手。不過那只限於現役的期間而已。一旦引退了，再優秀的選手也都會瞬間失去收入。許多成功的選手應該很迷惘，不知道該如何使用那筆要用一輩子的錢吧。

「的確有些人不把這件事放在心上，改不掉現役時期的奢華生活，不知不覺就把錢花光光。但那只是破產的其中一個理由而已。因為再怎麼奢侈，要滿足人類的欲望總是有個極限，假如一年有三千萬元的話，應該大部分都能實現吧。

「幾乎所有人在一開始都不會注意到，繼續在電視或廣播上做著體育主播的工作，暫且還能維持受人追捧的生活。但那份工作在過了幾個賽季之後，恐怕就會被更新一批的退休選手取代。最後在某一年繳完稅以後，這群人才總算發現一件事：

「『戶頭裡的錢不斷在減少！』

「這樣的恐懼感，唯有親身體驗過才知道吧。我很同情他們，在對金錢一無所知的年輕時期就賺進大筆鈔票，周圍的人也都把他們捧在手心。如果平常都照自己有多少錢去行動的話，自然而然會變得出手闊綽吧。

「不過那也只到現役時代為止。原本持續遞增的存款，將在此迎來轉捩點。退休後，能靠著與運動品牌簽約或電視廣播的工作，維持原有收入水準的人，真的少之又少。大多數的選手都會在遠遠不及現役時代的微薄收入，與跟現役時代相去無幾的浪費差距之間苦苦掙扎。

「然後真正的破產原因，就是在為了那股壓力而煩惱的情況下，出手投資。

「投資本身並沒有錯，但在那樣的情況下，幾乎可以確定他們一定會做出錯誤的投資，例如正常人不會去從事的高風險投資，或在旁人推薦下購買昂貴的商品。聽到『一定會賺錢』的投資建議就傻傻相信，而不會認真地去思考風險。根本以為自己還跟現役時代一樣，一味自我催眠說：『我能打出再見全壘打！就賭這一把，我會再次發光發熱。』

「我很清楚在體育的世界裡，那樣的正面思考能帶領選手邁向成功之路的理由。因為那是選手本人的問題。然而金錢的世界卻更加嚴酷。

「就算自己做出最佳表現，也有可能因為其他原因而吃下敗仗。然後很可惜的是，我從沒聽過有哪個前職業運動選手，在投資的世界裡打出再見全壘打的。這些人到最後還得付出大筆的學費。」

「這還真是奇怪。明明他們那麼有錢，只要過著節省一點的生活，就一輩子不愁吃穿了，但那都是因為他們戒不掉奢侈的生活，或喜歡比賽爭輸贏的感覺吧？對我來說，那種事情是他們自作自受。」

「不不不，事情並沒有那麼單純。我不是說了嗎？金錢具有神奇的力量，而且，

「每個人都有各自有能力支配的金錢額度。」

「換句話說，當超過那個額度時，就會變得跟缺錢的狀態一樣沒有餘裕，無法做出正常的判斷。」

老人喘口氣後，窺探起我的臉。

而後彷彿看透我的內心一般，露出一臉「如果是你的話，應該可以理解吧」的表情。

「這樣講或許就能理解了吧：金錢是一種能量，上面帶有熱度，對不同的人來說，適合的溫度也不盡相同。太少的話會太寒冷，感覺很不舒服，但太多的話又太熱，一碰可能就會燙傷。

「如果給國中生一萬元零用錢，他們或許能夠聰明地使用，比方說拿去買衣服或買想要的東西等等，但如果是一千萬元的話，他們肯定沒辦法妥善運用。如果能像一萬元那樣使用的話還無所謂，但大部分都會想用在其他地方吧，於是就會遭遇失敗。」

「……是啊。」

「但我可不會死板板地說出『把錢存起來！』這種話喔。可能有很多人會說，錢是很難妥善支配的東西，所以要把錢存起來，以備不時之需。在我們這個國家，這種話應該是從小聽到大。

「我們國家的儲蓄總額有將近一千兆元，代表有那麼多的錢都在沉睡當中。

「可是所謂的『不時』究竟是何時？

「那就像突如其來的龍捲風一樣。

「人生不可能一切都照計畫進行。結婚、生子、失業、創業、退休、生病、災難，你能保證有哪一件事情明天一定不會發生嗎？

「在那天來臨之前，把錢存起來並且反覆演練，在擔心害怕中等著不時的到來，我可不認為那樣的人生有多舒適。」

「但人又不會永遠都是國中生，人是會成長的啊，所以有能力支配的金錢額度自然也會增加吧。」

「這是當然的，但**支配金錢的能力，唯有靠著增加支配的經驗才會成長，這就是結論**。**一開始很小，然後逐漸擴大**。但是很多人長大，懂得做人處事的道理以後，就誤以為自己已經懂得如何支配金錢了。懂事與金錢的支配是不一樣的兩件事。

「你知道嗎？

「世界上那些號稱財務規畫師的人當中，幾乎沒有半個是有錢人。」

「財務規畫師裡沒有有錢人？那是什麼意思？」

「意思就是說，他們雖然懂得如何規畫，卻不是創造或增加財富的專家。

「然而，人們卻想把自己所有與錢相關的事都向他們諮詢，把自己的經濟狀況全盤托出，問他們怎樣才能變得更有錢，最後頂多就是推薦你做投資信託。提供那樣的諮詢，他們才是更令人傷腦筋的人吧。」

隨著談話變得熱絡，老人的態度逐漸軟化下來。這個老人究竟想告訴我些什麼？

「老先生。」

不知不覺間，我開始覺得必須對這老人表現出敬意才行，對他的稱呼也自然而然恭敬了起來。

「您究竟想要教我些什麼呢？」

「別說傻話了，我沒有什麼能教你的。我所說的這些，全都是你必須自己去學習的，不過你似乎已經學會了一半，因為你已經經歷過如何失去金錢，接下來只要從中學習即可。」

「……哈哈哈。」

我無力地笑了笑，似乎也愈來愈習慣老人直言不諱的玩笑。

第4章

持有

金錢，
是反映自身樣貌的鏡子。

老人突然中斷了話題。因為他的手機響了。不過他才看一眼手機螢幕，就嘆了一口氣，不打算接電話。

「真傷腦筋，怎麼每次都要仰賴別人的判斷，我的判斷就是『等待』，這種事情根本不需要特地打電話告知吧。如果我沒接電話，他們就無法判斷，肯定會繼續等我吧。」

「或許有別的緊急要事啊。」

「不，我覺得現在沒有人的事情比你更緊急了，所以這樣就好。」

……？

什麼意思？老人果然不是偶然出現在這裡，而是特地來找我的。

老人不理會我納悶的反應，逕自接著話題說道。

「讓我來告訴你，在很多人會問的無聊問題中，我覺得最沒有意義的問題是什麼好了。那就是：

『如果你有一億元的話，你想做什麼？』

「人們會一邊問這個問題，一邊想像自己身上有一億元，想要去旅行、想要蓋房子，還想要開帥氣的車。大家可能有種錯覺，以為靠想像一切都有可能成真。但那樣的想像與問題毫無意義。從未擁有過一億元的人，絕對不可能去想像自己實際上擁有一億元的樣子。

「說說那個倒霉的男人好了。

「這是實際發生在英國的事。有個男人一家三口一直在公寓中過著窮困的日子，他的工作是在工廠上班，二十年來都很認真。有一天他買了彩券，我想他們一家人肯定玩笑般地閒聊過，如果中獎了該怎麼辦？然而，不知道該說幸運還是不幸，他真的中獎了，那張彩券中了三十億元的龐大彩金，他的人生迎來了巨大的轉變。」

「結果發生了什麼事？」

「他在兩年之後破產了，而且妻離子散。工作在中獎的同時就辭掉了，所以他最後連個棲身之處也沒有。我不清楚他實際上到底發生哪些事，但大概想像得到，應該有人突然來找他借錢，也有人向他介紹一些可疑的投資標的吧。我記得他好像有個女兒，連那個女孩的人生也毀了，為錢而來的帥哥騙走了她的錢，最後連人也拋棄了。」

想到那個可憐的女孩，我的內心就隱隱作痛。

「聽說那個父親現在被善心人士收留，成了清潔工。」

我比較在意他女兒後來的情況，但老人應該不知道那麼多吧。

「關於彩券，也有不錯的故事喔。這是最近才發生的事，有個加拿大男子同樣中了鉅額的彩券，他們一家人是所謂的中產階級，孩子們也都成家立業了，他就把中獎的彩金全數捐贈出去。哈哈哈，很愉快的故事吧。」

這件事情我也略有耳聞。當時我資金周轉不靈，內心半是羨慕那個故事的主人翁，半是帶著類似憤怒的情緒，覺得怎麼會有人做出這等蠢事。

「哪裡愉快了？如果最後都要捐贈出去，一開始就不應該買什麼彩券。如果我是他的話，一定會更有效地運用那筆錢吧。」

「有效？那你又會使用在哪裡？了不起就是把錢拿去還債吧。那名男子在實際拿到錢時，應該也想過自己能不能妥善運用這麼一大筆錢。即使在中獎之前曾經想像過，也不曾親眼看過這麼多錢，然後他做出了自己沒有能力支配的判斷。一旦實際拿到那麼多錢，恐怕不會覺得是自己在使用金錢，而是被金錢使用吧。可能搭個豪華郵輪去環遊世界一周，或是送太太華麗的珠寶首飾，但那種無所不能的感覺轉瞬即逝，最後恐怕會變成一輩子無所事事，深陷絕望之中。

「一開始買彩券的那筆錢，如果想成是一筆必須支付的學費，好讓自己能想像得更真實的話，算是非常便宜的消費了。」

「是嗎？我認為那個加拿大男子現在應該很後悔。雖然不想變成像英國男人一樣，但多少留一點錢在身邊應該會比較好才對。」

「你聽好了，

「金錢是反映自身樣貌的鏡子。

「錢能使人幸福，也能使人不幸，甚至有可能感覺像凶器一樣。錢本身沒有色彩，但人會試圖替錢上色。」老人的眼睛牢牢盯著我看，繼續說道：

「我一開始借錢給你時，加上了兩成的利息，這個利息幾乎是法定利率的上限，但那就是你現在的行情。」

「您的意思是表示我沒有信用嗎？」

「你知道那是什麼意思嗎？」

第5章

信用

總而言之，
唯有相信別人，
才會有錢。

老人語氣略顯溫柔地繼續說著。說不定是對於他說我沒有信用一事，感到有些不好意思。

「你認為錢是從哪裡創造出來的？」

「不知道耶……如果要說出課本上的答案，不就是由中央銀行印製出來，再分配到全國上下的嗎？」

「但這個國家哪裡有人可以免費從日本銀行拿到錢呢？」

「這個嘛……」

「我說金錢是反映自身樣貌的鏡子，理由就在這裡！雖然從經濟體系上來講是說得通的，但真正把錢交到你手中的，是在實際生活中與你有關係的公司、店經理、客戶或朋友之類的人。

「把錢帶來給你的，絕對是自己以外的其他人。

「利息只不過是反映你信用水準的一例而已。

「換句話說，**別人如何看待你這個人，會反映在你的錢包裡。**」

我深深嘆了一口氣，這些話聽來令人絕望。

這個老人真的知道我的事嗎？

我決定向老人打開天窗說亮話。

「不好意思，老先生，我剛才一直沒告訴您，我欠了將近三千萬元的債，因為我創業失敗了。」

「這樣啊。」

老人敷衍地回應我說的話，彷彿這沒什麼大不了的。

「借錢本身不是什麼壞事，如果你年收入有三千萬元的話，我應該不會有任何意見吧。」

「……年收入三千萬元，有一段時間那還真的不是天方夜譚，但現在我完全沒有收入。一直到前陣子，我都還有剩下一些店裡的設備跟器材，但如今也都處分變現了，現在的我真的是身無分文。」

「剛才買奶茶的錢就是剩下的最後一點了嗎？」

「……對。」

「哈哈哈，你真是個有趣的人。」

「不然我問您，換作是您老人家，會用一百元來做什麼呢？一百元也做不到其他任何事情吧？」

「錢不是萬能的。如果不先擺脫那樣的幻想，就無法理解金錢的本質。因為你用一百元作為盤算的基礎，所以思考才會變得狹隘。我剛才說金錢是反映自身樣貌的鏡子，但金錢並不等於你。也就是說，一百元不是你，借款三千萬元也不是你。

「有個有名的故事，某間大學曾開過一堂特別的實習課，讓學生運用區區五美元，看最後能夠賺到多少錢。學生們絞盡腦汁，想到各種賺錢的方法，有的人想到用五美元購買廢棄物，回收以後拿去賣錢；有的人想到用五美元購買便宜的修繕工具，提供腳踏車維修的服務。但創造出最多收入的構想，是販賣學生們的時間，也就是將授課開始前的五分鐘時間賣給企業。因為那所大學聚集了很多優秀的學生，所以想要招攬優秀學生的企業一齊買下那些時間，用來向學生們展現自己的企業有多棒。

「成本是零元。也就是說，沒有被五美元框架給限制住的學生贏了。

「你看起來還很年輕，然後似乎有過一些別人無法擁有的經驗，你也能把那些經驗出售給別人。」

「誰會想買創業家的失敗經驗？」

「那樣的話，你也可以根據那些經驗來寫一本書。如果寫出暢銷書的話，就能賺到版稅吧，畢竟失敗的經驗可是很寶貴的。」

神奇的是，跟這個老人聊著聊著，感覺連那種事情都是有可能的。

但仔細想想就知道，那個構想是行不通的。

連我自己都不知道失敗的原因，唯一能想到的就是運氣太差了。誰會喜歡讀一個倒霉男人的故事呢？

「金錢不是萬能的，但改變支配金錢的方式，就能改變人生。

「我剛才想跟你談的是信用與金錢，其中一個例子就是利息。

「但不是只有這樣而已。

「首先談談金錢的來由，應該會比較好懂。

「追根究柢來說，金錢的歷史其實是信用的歷史。

「在經濟最初形成的時候，人只相信物品，也就是所謂的現貨。用眼前的物品互相交換，經濟始得成立。不過那樣一來，一定會碰到無法順利交易的情況發生。

「此時，時間的觀念就會加入經濟當中。雖然不曉得我們的祖先會不會說：『我這裡現在沒有，但我會在期限之前收集到你想要的物品，所以希望能拿這個跟你交換。如果你能等我的話，我會再多給你一些。』但會以約定的形式，讓交換所需的時間差得以成立。然後會發行用來證明約定的信物，或許是像紋身一樣的形式，也或許是一條繩子，這就是金錢誕生的瞬間！不是物品與物品的交易，而是物品與信用的初次交易。接著在時間的概念之後，加入地域的概念，經濟規模擴大，最後發明出各地都能承認其價值，且流通成本低的金屬貨幣，那就是現代紙幣的原型。

「但若追溯起來，金錢其實就是由信用化身而成的物品，國家只不過是替那張票據背書的保證人而已。

「能夠遵守約定的人，可以進行更大的交易。信用水準愈高的話，也愈有可能進行更高額的交易。

「你知道這代表什麼意思嗎？」

「如果別人信任你的話，你就會有錢是嗎？」

「對，就是那樣。有錢人知道信用的力量，所以一定會遵守約定，並且不辜負別人的信任，因為金錢都是從別人那裡得來的。最後信用會創造出大筆金錢，而那個人能擁有的金錢額度也會自然而然地變大。如此一來，信用水準又會再提升，就是這樣的機制。金錢在社會上就像一股洪流，為了大力吸引那股洪流流向自己，首先最重要的是獲得信任。這樣一來，錢就會主動靠近你。」

「相反地，沒有錢的人就是……」

「我不曉得現在的你是不是這樣，但沒有錢的人的特徵，就是猜疑心很重，喜歡挑人毛病，很難信任別人。但是，

「如果無法信任別人，就無法受人信任。

「金錢的洪流自然而然會避開那個人。」

「不過恕我直言，即使是有錢人，也會因為信任別人而受騙上當吧？尤其當你有錢的時候，全世界的詐騙分子都會為了你這隻大肥羊找上門來，其中一定也有人會因此破產。您的說法我以前也在哪裡聽過，但那聽起來只是理想論而已。」

「世上萬物絕對不會只由一個面向所構成，我的意思並不是說要隨隨便便相信每一個人。我認為所謂的信用水準，與那個人所具備的人格成比例。這是很嚴峻的現實，但信任別人的人與受到信任的人，往往處於同一階層。同理，欺騙別人的人與受到欺騙的人也是。你拿什麼來信任別人？就算你現在還無法相信我說的話，但唯有一件事情我希望你牢記在心。

「在你不信任對方的情況下，對方恐怕也不會信任你。倘若信用要變成金錢，只要有人願意相信你，那就是你的財產。」

我回顧了自己的過往，在反覆經歷失敗的現在，我的信用水準想必如老人所說，已是最低的程度。一年前，我還有值得信任的朋友，但我背叛了他們。這一年來，我從所有管道借遍了錢，直到再也借不到錢以後，我向那些朋友求助。他們二話不說把錢借給我，但如今我卻無力償還，實在沒有臉見他們，是我濫用了自己的信用。也因為這樣，我感嘆自己的境遇，對周遭忿忿不平，心態扭曲，彷彿自己毫無過錯。

「追根究柢來說，唯有信用存在之處，才有金錢的存在。這一點，從錢的來由來看也很清楚吧。你似乎經歷過重重的失敗，但你真的就要這樣放棄，不再取得別人的信任了嗎？」

我不知道該如何回答。

「我想要得到別人的信任，但那或許很困難。而且我自己也認為，現在的我還不足以受人信任。」

「放心吧，那只是暫時的，**人生會在一瞬間改變**。我身為你的鬼牌，出現在這裡，剛才說的那些話，有沒有哪一點讓你感到疑惑呢？」

我回想著老人說的話。

- **會在金錢上犯錯，是因為搞錯時機與選擇。**
- **金錢對每一個人來說，都有可以支配的上限與下限（有最適當的溫度）。**
- **支配金錢的能力，只會隨著支配的經驗增加而提升。**

・金錢是反映自身樣貌的鏡子。

・金錢是由信用化身而成。

每一點對我來說都是很刺耳的實話。

但好像對現在的我也都沒有幫助，畢竟一個負債累累的男人能夠做什麼呢？如今連朋友也無法信任我了吧。我失去的太多，完全不知所措。唯一能夠信任的，應該只剩下家人而已……現在就算要耗費再多時間，也得獨自一人省吃儉用還債才行。一想到那看不見盡頭的路，我就快暈厥過去。

「沒有，全都很有道理。」

「我剛才說有錢人都會遵守約定，事實上我是來拯救你的。」

「拯救我？……那就請您幫我還債吧。哈哈哈……這種事您應該做不到吧。」

聽到我輕浮的回應，老人臉上瞬間蒙上一層陰影。

原先柔和的表情從他臉上消失無蹤。

「看來你似乎不相信我是吧。」

「那是當然的啊，突然來個素不相識的陌生人，為什麼要幫我呢？叫我相信還比較困難吧。」

「如果我有一個行李箱，裡面裝著三千萬現金的話，你會相信嗎？」

「……不好意思，如果冒犯到您的話，我向您道歉。但是，就算是那樣，怎麼可能……」

「假設我現在交給你三千萬元現金好了，你會如何使用那筆錢？你一定會拿去還債吧。但往後的人生還很長……然後你又會再重蹈覆轍。這就是很多被金錢擺布的人會走的路。」

「不會的！如果再有一次機會的話，我一定……」

「你是說，有機會的話，是吧？」

在這個老人面前，我完全沒有篤定回嘴的勇氣。

就算再次回到過去重來一遍，我覺得結果還是不會有任何改變。

「老先生，不，可以稱呼您為鬼牌先生吧？您願意聽聽我的故事嗎？為什麼我現在會在這裡坐困愁城，我希望您聽一聽事情的來龍去脈。」

落日餘暉已散去，夜色愈發深沉，把被燈光點亮的街道襯托得更加美麗，以黑夜為背景的燈飾更顯燦爛。雖然還不知道這位老人是誰，但我下定決心告訴他過去三年發生的事。奇妙的是，我已不再感到寒冷。

第6章

風險

有錢人真正畏懼的風險，
是錢不再增加的風險。

二〇一一年十一月十一日　晚上七點

直到剛才都還零星可見的孩童已不見身影，周圍淨是下班回家的上班族與情侶。在都會的喧囂中，我倆彷彿進入氣囊中，時間的流動與外界截然不同。

「我原本是在地區銀行上班的銀行員，所屬的單位是審查課。這個部門負責站在銀行的立場，根據客戶提供的事業計畫書或財務報表，審查可以給予多少融資，或是要拒絕融資。」

「哇喔，那可真是個氣派的工作。」

「哈哈，只有名字而已。我們一整天幾乎都得面對鐵青著臉找上門來的小工廠老闆。倉庫裡放著一堆賣不出去的存貨，走投無路了才來找我們哭訴求情，而我的工作就是處理好這種場面而已。其中大部分人都無可救藥，明明公司的營運已經岌岌可危，還坐著賓士車來銀行。八成是在景氣好的時候買的車吧，然後以為自己還跟當年一樣，叫我們借錢給他們……那些人用錢的方式真的是亂七八糟。」

「用錢的方式啊……」

「對，我想那些負責收款的人，雖然跟我們是同一間銀行，但肯定更加辛苦吧。我們常聽他們抱怨，說為什麼要核可這樣的案件。那些還不出錢來變成呆帳的案件，當然不僅是負責人而已，連審查課的人也得扛起責任。

「一開始我都會仔細讀完事業計畫書，再進行融資的審查，但後來逐漸變成只看擔保品與連帶保證人的部分，因為同個部門的前輩也都是這樣做的。

「因為到頭來，銀行還是得借錢給業者收取利息，才有辦法賺錢。所以慢慢就變成很單純的作業，與其逐一審慎考慮業務內容或未來性，不如直接看擔保的價值，再貸與相應的金額就好。考量到回收作業的話，這是最合理的做法。當事情變成這樣以後，工作價值瞬間就消失殆盡。您知道什麼是存放比率嗎？就是客戶總存款金額中，有多少放款給業者的比率，我們銀行的存放比率是五〇％喔，放款只占了總存款金額的一半而已。我們不是把人家存的錢借出去，而是拚命買進國債，幫忙增加國家的負債。因為害怕有呆帳，所以就算再怎麼具有未來性，只要沒有擔保品或保證人，我們就會拒絕融資。」

「銀行的工作，本來是為了幫助社會而存在的喔。說起來就好像加油站一樣吧，替快要沒油的企業加油，好讓車子繼續跑。跟加油站不同的地方是，並不是加滿油就是最好的，太多或太少都不行，要一邊加油、一邊注意怎樣才能讓引擎的轉速變得最好。

「但是如果遇到第一次開車的新手，或是車子本身好像快故障的話，也必須要注意能不能夠加油。

「你在做的事情，就好像汽車檢驗員一樣，負責檢查車子是否有哪些不足之處，以避免駕駛發生車禍。」

聽到老人將銀行的工作幽默地比喻為加油站，我不禁莞爾一笑。沒錯，雖說是打扮得西裝筆挺的銀行員，也沒什麼特別了不起的。

「話說回來……你當初為什麼會想在銀行上班呢？」

「主要還是因為我認為薪水很好吧。我家的經濟狀況不太好，連上大學都得靠獎學金才行，我不想再為了錢吃苦，於是就決定到銀行上班。」

「你在銀行的評價如何？」

「我所屬的部門沒有規定的業績標準，所以我不是很清楚地知道，但應該算還過得去吧。融資案件也幾乎沒有呆帳。

「但大概從工作上手的第三年開始，我就愈來愈常感到不滿。我開始覺得耗在工作上的時間非常無聊。我是那種從學生時期就用功讀書，努力提高成績的人。或許銀行員的工作確實很適合我的個性，但我心中還是有無法釋懷的地方。當然，畢竟是處理金錢的職業，所以我認為自己非常清楚這個社會的機制有多不合理。有錢人與窮人在社會上被對待的方式天差地別，我想要成為有錢的那一方。銀行員或許會被認為是有錢的那一方，但頂多就是個替有錢人工作的領薪一族罷了。當然，畢竟是銀行，薪水比其他行業好，但當我得知自己每天面對的中小企業老闆，賺得比自己多的時候，內心就產生了一股忿忿不平的情緒。

「沒錢的時候就臉色大變地衝到我們這裡來，一旦事業開始順利了，就一夕之間過起舒服的日子。

「我不禁心想，**如果我有任何一點機會的話，一定能做得更好**。」

「你還真有自信啊。」

「我當然知道他們都承擔了相對的風險，但就算是這樣，他們的做法還是充滿缺陷，正因為是站在我這樣的立場，所以更是心知肚明。」

老人的手機又響起了，不過他連接都不打算接。

「沒關係，請你繼續說下去。

「不，在那之前……你認為風險是什麼樣的東西呢？」

「一種要做出選擇的狀況吧，那個選擇或許可以讓人大賺一筆，但也有可能會損失慘重。」

「不，真正的風險不只是那樣而已。……算了，先不談這個吧。」

我不曉得該如何回答才好，所以只好繼續說下去。

「那陣子我讀了很多書，都是成功實業家寫的商業書或所謂的自我啟發書籍，從ＩＴ業界成功實業家的書，到靠拉麵店起家的人所寫的書都有。但那些書並沒有特別起到什麼作用，每本書到最後寫的都一樣，就是『總之，儘早開始就對了。』」

「成功實業家寫的肯定不會有錯。」

「是的，然後還有寫到一點關於成功的祕訣，就是工作必須做自己喜歡的事。但我沒有任何喜歡的事情，能夠讓我廢寢忘食，所以從我就職以來，一直到我成為所謂中堅幹部的年齡為止，雖然始終懷抱著創業成功的夢想，實際上卻過著毫無作為，每天都滿腹牢騷的日子，就像一般的上班族一樣。」

「因為做自己喜歡的事，代表一旦創業以後，生活就會全被那件事給占據了。如果不是非常喜歡的話，是很難堅持下去的。但你不是已經在做自己喜歡的工作了嗎？」

「您說哪件事？」

「錢啊。你是因為喜歡錢，才在銀行上班的吧？」

「……哈哈，或許是這樣沒錯吧。我剛才沒有提到，我的爸爸是普通的上班族，但在我高中的時候被裁員了。

「之後雖然重新找到工作，但因為收入減少，所以生活開銷變得很辛苦。我真正希望的是考上大城市的大學，獨自在外生活，但最後還是選擇了地方的國立大學。在出社會之前，我每天都花兩個小時通勤喔。

「或許就是因為這樣，我才會比其他人更執著於金錢吧。我從大學開始就在想，如果可以的話，希望能賺到比其他人更多的錢。」

老人聽完這段話，便向我提問。

「金錢在我的人生中，也具有重要的意義，即使說我人生的大半時光，都用來了解金錢的特性也不為過。

「我剛才沒講完的是，我希望你記住，事物都是一體兩面的。所有事情都一樣，當然連錢也不例外，都有正反兩面，王牌與鬼牌。我們經常只看到其中的一面，但背面卻有完全相反的意義。

「如果能夠正確解讀金錢正反兩面所具備的意義，相信你一定能夠起死回生。

「你的父親不幸失去穩定工作，導致你開始認真思考錢的事情。思考錢的事情絕對不是一件壞事。

「你認為會成為有錢人的那些人，心中所認知的真正風險是什麼？」

「不知道耶，是失去金錢嗎？」

「不，事實上完全相反。

「有錢人害怕的是錢不再增加的風險。

「成功人士說的都千篇一律，『做就對了』、『做自己喜歡的事』，這是一項真理，不過這只道出了事物的其中一面而已。白手起家的有錢人，都有一個共通的思維。

「人生是有限的，而且人生中的幸運屈指可數。要把握住有限的機會，必須揮棒很多次才行，有時還會很慘烈地揮棒落空。

「很多人因為害怕揮棒落空，所以什麼也不做，但成功的人發自本能地知道，如果不一直揮棒的話，很難會有擊中的時候。

「揮棒會變成經驗，逐漸練出打全壘打的技巧，最後隨著幸運的降臨，打出全壘打，這就是他們共通的思維。

「舉例來說，假設有個搖獎機，裡面有兩百五十顆珠子，其中一顆獎金為一億元，如果想要搖獎的話，一次必須支付一百萬元，請問一般人會如何思考呢？

「中獎機率是兩百五十分之一，所以不想做這種划不來的事……

「不過如果想要獲得獎金的話，應該要這樣想才對：

只要連續搖兩百五十次，遲早會中獎！

「當然，如果持續搖到最後的話，就算中獎了還是會虧錢。

「不過，

「在一百次以內搖中大獎的幸運，有可能降臨在任何人身上。」

聽見老人如此正面的思考，我不禁有點想要吐槽回去。

「那是因為成功人士已經中獎了，才會那樣想。」

「不不不，這個想法的背後，還藏著另一種思維。

「如果太晚才開始挑戰的話，能夠挽回失敗的機會就會變少。也就是說，如果等到上了年紀以後才開始的話，成為有錢人的機會就會愈來愈少。所以才會有一種只適用於年輕人的名言，就是**我們有失敗的權利**。」

「我想確實如您所說，當年的我只會做夢，一心想著如果有那個契機，我也做得到，卻沒試過要主動創造那個契機，結果就這樣毫無作為地虛度了八年的光陰。

「直到我成為資深銀行員，也順利結婚生子，生活穩定下來的某一天，我再次遇到了那個人。」

第7章

創業

此時的我覺得，
機會終於來了。

一輛車身上貼滿廣告的卡車，發出嘈雜的聲響從旁邊經過。遠處傳來一個多月前發售的流行歌曲。路上人群依舊熙來攘往，讓人想起這裡是鬧區的精華地段。

不過我們兩人都沒有提出「好像會聊很久，要不要去咖啡廳坐坐」。這對捉襟見肘的我來說是理所當然的，但這個老人也完全沒有開口。

我擔心老人家會不會感冒，但他專心地面對著我，絲毫沒有表現出會冷的樣子。老人似乎有他待在這裡的理由。

我有那麼一瞬間，猶豫起該不該對老人說接下來發生在我身上的事，但還是決定繼續說下去。

「那個男人名叫大谷雄一郎，是我國、高中時期的同學。他是個很優秀的人，在校成績經常都是第一名，而且還很會運動，是籃球社的隊長，甚至曾經打到縣賽。因為他的關係，我從來不曾在學校取得第一名的成績，運動表現也平平，每次都只能望著他的背影而已。所以在校的時候，我跟他的感情並沒有特別好。」

「是這個縣內的學校嗎？」

「對，在O市。」

「原來如此，那是個群山環繞、靜謐悠閒的好地方呢。」

「您知道那裡？那您應該能明白吧。我高中的時候，每天花兩小時搭公車來這座城市的補習班上課。自從我爸被裁員之後，就改成在家自學，直到最後也一次都沒考贏過他。

「對了，有一次還滿可惜的，是暑假開學後的期中考，大谷在那個暑假去參加了縣賽。但即使是那個時候，我還是考輸他一點點。」

「學校的考試不代表一切啊。」

「出了社會這麼多年，我現在已經很能理解了。

「但在高中時期，每當我比較起自己與他的處境，就覺得非常不公平。

畢業後，他捨棄當地的國立大學，前往大城市就讀著名的私立大學，而我則留在這個縣。」

老人沉默不語地聽著我說的話。

「但那傢伙在離開這裡之前，對我說了一些話。

「『因為有英資在，我才能這麼努力。在這個豐饒閒適的地方，像你這樣埋頭苦讀的人，並不會受到肯定。但我認為專心致志的努力是很重要的。

「『如果沒有你的話，我也不會這麼認真念書，因為就算會念書，也不會受女生歡迎。你可是我的假想敵喔。』

「他用這番話安慰了我。我很訝異他會這樣想，後面回了些什麼我也不記得了，但我記得我非常高興。後來，我輾轉聽說他去美國留學了。」

對我來說，提起這段往事並不是一件很愉快的事，但老人用很溫柔的眼神注視著我。

「那段時間我正忙著找工作，所以我只覺得如果是他的話，一定能夠過上很精彩的人生，不像我這樣。他已經遠超過我會去嫉妒或羨慕的對象了。

「沒想到就在三年前，我再次遇到那傢伙了。

「與他的重逢純屬偶然。不，我認為是偶然，但他說他一直在找我。

那個天才找我有什麼事？

「大谷一如既往地帶著爽朗的笑容迎面而來。

「我們在公司附近一家開放式露台咖啡廳坐定後，熱絡地聊起高中時候的往事，聊到一個段落時，他突然想起什麼似地開口提問。」

「英資，你現在的職場還好嗎？」

「嗯，勉強過得去吧。現在有孩子了，所以我只期待她長大成人。」

「這樣啊……我知道有點突然，但你能不能來幫我做事呢？」

「你現在的工作是什麼？我記得是創業顧問吧？這完全不是我的領域耶。還是說，你能給我兩倍的薪水呢？那樣我就願意考慮考慮……」

「你現在的薪水是多少？」

大谷直言不諱的說話方式，從高中時代起就沒有改變。從美國回來以後，更是百無禁忌。

「喂喂喂，你也問得太直接了吧，這裡可不是美國耶。」

「哈哈，在中國跟歐洲也一樣啊。」

「……算了，既然你都問了，我就老實告訴你吧。我年薪六百五十萬元，因為我們部門還很新，所以只有這樣，但上面那群老頭應該領得更多。」

「嗯……如果是那樣的話，應該沒問題喔。」

銀行的離職者其實意外地多，愈是優秀能幹的銀行員，愈會趁著年輕的時候跳槽或獨立創業，那些人通常會跳槽到外商投資銀行之類的地方。但表現不是特別優秀、糊里糊塗在銀行混到超過三十歲的人，也不是從此就高枕無憂，表現不佳的行員也有可能輕易就被調派到一般企業去。由於銀行的高階主管職位並不算多，因此到了一定年齡以後，公司就會自動決定你要留在銀行，還是調職到其他地方。成功上位的競爭之激烈，比其他一般的企業還要嚴苛。我所任職的銀行也不例外，同期的人裡面，也有將近一半的人已經離職。

其中一半的人跳槽，一半的人獨立創業。在獨立創業的人之中，也有堪稱成功人士的人。

「你說要我幫你做事，是叫我跳槽的意思嗎？」

「不，是要你跟我一起創業。我們要不要各自拿一筆錢出來試試看？」

接下來大谷講的一字一句都令我感到意外。

「**什麼？賣飯糰？**」

我詢問大谷理由是什麼，他如此回答：

「這是我打算未來到美國發展的事業。」

那傢伙親眼見證了日本料理在美國有多受歡迎，連大谷留學的美國鄉下城市，都有好幾間日本料理餐廳（儘管味道好像稱不上是道地的日本料理）。

日本料理給人的印象，主要還是健康的飲食。注重健康的富裕階層，往往會尋求使用有機蔬菜的料理，而日本料理的餐廳總是高朋滿座。

美國這個國家很奇妙，任何人都能夠用很便宜的價格填飽肚子，不過那只限於高熱量、重口味的垃圾食物而已。相反地，清淡而低熱量的食物，則必須支付高昂的價格才吃得到。

大谷鉅細靡遺地對我描述他在美國的真實感受。

「為了達成在美國賣飯糰的最終目標，要先在日本開飯糰店，打造出成功的實績。然後我打算利用過程中學到的技術經驗，開更多家連鎖店。」

聽著大谷滿懷熱忱地說著，我也漸漸產生了興趣。

「但飯糰不就只是一百元左右的商品嗎？這樣能創造利潤嗎？」

「我的工作是創業顧問，大部分創業的人都選擇餐飲業，你知道為什麼嗎？」

「為什麼？」

「理由有二，一是創業門檻非常低，二是因為都是現金交易，所以不太需要為了現金流而煩惱。以創業來說，營運資金不用太多這一點，應該很重要吧？」

「但創業門檻低這件事，也等於競爭對手很多吧，這樣還是有勝算嗎？」

「聽好了，所謂的餐飲業，一旦上了軌道，就會創造很大的營收。為什麼會這樣？因為成本很低啊。你很聰明，能想到創業門檻低代表競爭對手多，但你別忘記一件事，如果要投入一般的事業，必須有初期投資的資金。餐飲業不僅不需要購買動輒數億元的大型機器，也不需要從一開始就有客戶在手上。說起來，客人就是世界上所有的人。從這個角度來說，餐飲業的總需求是很穩定的，畢竟人不可能不吃東西啊，每天一定會吃三餐。讓人在三次裡面吃一次我們的飯糰，並不是一件難事。

「但你一定會有疑問，就像你剛才說的，一百元左右的東西能賺錢嗎？我希望你在此回想一下，我剛才說的美國的日本料理餐廳的事。那家日本料理餐廳味道平平，卻有一項其他餐廳沒有的東西。」

「什麼東西？」

「就是品牌啊！日本料理有著既健康又美味的品牌力，如果沒有那個品牌力的話，應該沒有人會走進那家味道平平的日本料理餐廳吧？我的目標就在這裡！如果能讓客人發現品牌的價值，就有可能用比成本多出好幾倍的價格販賣出去，然後就能賺到很大的利潤。」

「你**知道法國餐廳在日本為什麼這麼貴嗎**？明明使用的食材，跟同為歐洲圈的義大利料理或西班牙料理沒有多大差異，定價卻能夠比他們還高，就是因為法國料理至今仍有很強的品牌力吧。有人認同法國料理的價值，願意支付更多錢，這樣講或許更容易懂。餐飲業可以用最低的投資額打造出品牌事業，不像服飾或電器產品那樣需要大型工廠，必備的只有鍋碗瓢盆、廚藝與理念這三個條件而已。」

「廚藝？我們要從這個開始練習嗎？」

「這我自有打算，我想應該不用擔心也能延攬到最優秀的人才。之所以選擇飯糰，也是因為只要開發出食譜，再將製作過程標準化以後，就可以像迴轉壽司連鎖店一樣，不需要訓練一堆師傅。首先，我認為那傢伙自己一人就沒問題了。我很確定這門生意在美國一定做得起來，反而是要在日本賣高級飯糰，可能還比較難。但我看過很多創業家，所以知道事業成功的祕訣。」

「是什麼？」

「祕訣**不是做什麼，而是跟誰一起做**。我想要你成為我的事業夥伴，一起打拚。」

接著大谷滔滔不絕地談著事業的內容，並毫不吝嗇地猛誇我的優點。這種作風應該也是在美國學來的吧。沒有人會討厭聽見別人誇獎自己。

最後他又加了這麼一句：

「也就是說，我是為了成功才來找你合作的。」

「那是因為我是銀行員，還是因為……」

大谷停了好一會兒，才煞有介事地答道：

「當然是因為你會是個很努力的事業夥伴啊。」

「我明白了，我也知道你並不是一時興起才來找我的，而且只要你想做的事情，一定都會成功，總覺得你生來就是那樣的命。但這件事情，你得先讓我考慮一下。」

◆

老人帶著複雜的表情，默默聽我說話。

不知道這個老人若看見當時的我，會說些什麼呢？

他會阻止我隨意聽信大谷這個巧言令色的男人說的話嗎？
這種事情誰也不知道。只是當時的我認為，機會終於來了。
那是在銀行做著無聊工作的我，一直以來都在等待的機會。

「話說回來，英資，你記得有一次考試，我差點考輸你嗎？」
「喔，我記得啊。是二年級的秋天，你因為籃球社的練習，幾乎耗去了整個暑假，對我來說是可以考贏你的機會。」
「是啊，我也幾乎沒有準備，所以本來以為說不定會考輸你。」
「但你還是考贏我了。」
「哈哈哈，既然都已經這麼多年了，我就老實告訴你吧，那個時候如果憑實力的話，應該是你考贏我才對。」
「嗯？什麼意思？……你作弊嗎？」
「哈哈哈，對啊，我從以前就很懂得找竅門。」

奇怪的是，我聽了之後並沒有生氣，反而覺得這樣的夥伴很可靠，有我所缺乏的強韌力量。

我心中已經有一半做出了決定。

第8章

借錢

從兩個面向檢視事物很重要。
切記：所謂的償還，
代表有收錢的對象。

可能是附近的大公司下班了，有一群人同時經過我們面前，朝著車站的方向走去。每個人看起來都烏漆墨黑的，清一色穿著配色低調的西裝，簡直就像一支黑西裝軍團。只是一想像起他們各自有家可歸，都有自己的家人，給人的印象也就截然不同。

一個大約小學年紀的女孩子，隨著母親從百貨公司出來，在廣場附近原地轉了好幾圈，興高采烈地讓裙擺隨風飄揚。母親看到女兒的舉動似乎很開心，但或許是在趕時間，匆匆地就牽著女孩的手離去。

在女孩從我視野裡消失之後，我感到有些寂寞。她還在附近的時候，話題不知不覺就中斷了。見到老人沉默著不發一語，似乎他也和我有同樣的感受。我感受著女孩留下來的餘韻，再度開啟話題。

「雖然說我心中已經有一半做出了決定，但我還是會擔心我的家人。我在七年前結婚，也有了一個獨生女。」

「家裡的開銷都得靠你的薪水吧。」

「對，我太太生完小孩就離職了，是個家庭主婦。雖然等到孩子長大以後，還是可以再回去職場上班，但我女兒的身體不好……所以她都留在家裡照顧女兒。我不能夠出任何差錯，萬一失敗的話，會害得她們流落街頭，所以我很猶豫該不該辭去銀行的工作。」

「嗯，這要看你怎麼想吧。銀行本身或許是很穩定，但我知道銀行員並不算是穩定的職業。

「男人有家庭之後，會為了家人努力，就算你不當銀行員了，還是可以努力拚出一條路的。」

「但我還是很擔心會增加家人的負擔，所以我向大谷提出一項條件。」

「你提出了什麼條件？」

「就是不能貸款創業。」

「不能貸款創業的意思，就是你們合資創業對吧。」

「對，我們各出五百萬元。」

老人搔著太陽穴附近，稍微停頓了一會兒之後，字斟句酌地對我說道：

「那你就是認為，不貸款創業比較保險對吧。但結果似乎沒那麼順利。」

「……」

「貸款這種東西真的很神奇，有的人說貸愈多愈好，也有的人恨透了貸款，但是，

「大家往往認為，公司會倒閉或個人會宣告破產，原因是出在貸款。可是其實真正的原因是手頭上沒有現金了。

「雖然這對經營者來說是理所當然的事，但一般人往往不去深思，只會歸咎於貸款，認為貸款本身是一件不好的事。明明也有一大堆公司是因為貸款，才能免去破產的危機。

「日本人太過厭惡貸款，導致失去了學習金錢本質的機會，明明沒有比貸款更好的教材了。」

「如果能夠妥善運用貸款的話，就可以說是好的經營者吧。我自己沒做到就是了……」

「你不能夠那麼悲觀。我剛才不是說了嗎？揮棒的經驗是很重要的。

「假如你是經營者的話，對於貸款會有什麼想法呢？」

「嗯，**我認為那是每個月都必須支付的負債，是資產負債表中右邊的部分**。在帳冊上就是每個月都有的固定支出。」

「是啊，是那樣沒錯。

「然後只要說到貸款，應該都會聯想到利息吧。我一開始跟你提到的也是利息。

「我剛開始學習金錢，是出社會以後的事。第一個面臨到的問題就是利息。說來說去，究竟為什麼會有利息這種概念呢？對於這件事，一位我所尊敬的經營者是這樣說的喔：『**貸款絕非壞事，只要在處理貸款額與利息時不要出差錯，就會對經營大有幫助。貸款額只要看資產負債來決定即可，利息則想成是調度資金的成本最合乎邏輯。**』

「後來我在學習會計學的過程中發現，把利息視為成本的這種想法，也是極其正確的想法。換句話說，

「貸款是把借來的錢視為原料，利息則是調度成本。

「這是從事會計或管理的人共通的思維。」

「這個想法還真有點深度。我從來不曾那樣看待金錢，儘管我在銀行經

手貸款給人的生意，但實際上自己貸款時，卻無法冷靜下來。我覺得貸款就是負債，利息則像是謝禮一樣的東西。」

「舉例來說，假設你在經營一家公司，貸款一千萬元時，一年必須支付三十萬元的利息好了，這筆三十萬元不會增加也不會減少，**只要每年持續支付三十萬元**，**就不必償還一千萬元**。貸款一千萬元產生的年平均成本是三十萬元，這個金額究竟是高是低，端看你怎麼想。為了避免破產而借一筆錢出來，每年支付三十萬元，好讓手頭上有足夠的資金，這是一般公司都在做的事情。」

「但那筆一千萬元是遲早得償還的錢吧？那樣付出去的利息不就打水漂了？如果不早點清償的話，白白浪費掉的錢就會不斷地增加耶。」

「不過如果這筆一千萬元是為了避免資金短缺而借的錢，那這筆錢就像是保險一樣的東西，絕對不會白費的。這種時候，也可以把利息想成是為了避免事業倒閉，而支付出去不還本的保險費。總而言之，**當你採用的觀點不**

同，貸款的型態也會隨之改變。」

「如果籌措一千萬元的成本是每年三十萬元的話，或許還算便宜，可是您對我要求的利息，並沒有這麼便宜吧。剛才我跟您借十元時，您開的利率是二〇％，假如借一千萬元的話，每年產生的成本就是兩百萬元。就算有公司因為這個金額而倒閉也毫不意外。」

「是啊，信用能創造金錢，這點對於貸款也是同理。比方說，A某可以用三十萬元成本解決的事，換作是B某可能就需要花上兩百萬元。**差額的一百七十萬元對A某來說，就是信用所創造的金錢**。所以利息是很難處理的東西，如果像你這樣籌措一千萬元就要花兩百萬成本的話，應該很難經營得下去吧。」

「畢竟三十萬元與兩百萬元之間的差異太大了。」

「不過我剛才也說過，事物都是一體兩面的。換句話說，

「有支付利息的人，就有收取利息的人。

「**你有借錢給別人過嗎**？

「我可以再多談一談這個話題嗎？我說過，貸款是學習金錢非常好的教材對吧。」

第9章

擁有

此刻的選擇，
就是劃分
有錢人與窮人的分水嶺。

老人深吸一口氣以後，開始講他要講的話。

「實際上這是非常理所當然的事。有借錢的人，自然會有放款的人；有付錢的人，自然會有收錢的人。金錢流動時，一定會有正反兩面。

支付↕收取

借↕貸

施↕受

「與金錢無緣的人，總是很快就忘記這兩個意思。不過，如果能正確掌握這兩個意思的話，就不會再為了貸款煩心吧。但如果無法正確掌握的話，也有可能引火上身。

「你為什麼討厭貸款呢？」

「說來說去，主要還是因為那不是自己的錢吧。必須支付利息這件事，就表示總有一天還是得還錢。感覺就好像一直在使用**綁著繩子的錢**一樣。」

「呵呵，**綁著繩子的錢**是嗎，真有趣的說法。那麼那條繩子的所有權人是誰呢？」

「就是借錢給我的人，如果是向銀行借錢的話，就表示銀行是真正的所有權人吧？」

「是這樣嗎？那銀行所擁有的錢，全都是銀行的嗎？換個說法的話，銀行的錢是誰的呢？」

「……是誰的呢？嗯……存戶的嗎？」

我開始意識到這個運作機制的弔詭之處。

「你既然討厭貸款的話，一定也很討厭借錢給人吧。不過就算是這樣，如果你手頭上有多的錢，應該還是會存進銀行裡。存進去以後，銀行就必須按照利率還你錢才行。所謂的存款，對銀行來說就是借款。銀行將你存進去的錢放款給企業，並收取利息，再將一部分的錢支付給你這種存戶。」

雖然我以前曾在銀行上班，但從不曾認真思考其中的運作機制。

「聽起來有點混亂。所以說，我既是支付利息的人，但也有可能是收取利息的人。」

我在腦中畫了一個大圈圈，反芻著自己說出口的話。

「嗯，就是那樣。你之所以覺得混亂，是因為你認為金錢是可以擁有的東西。

「沒有人可以擁有金錢。

「在社會上流通的金錢，只有現在這個當下，存在於人的手邊而已。正是因為人想要擁有無法擁有的東西，事情才會行不通。我們必須學習如何使用金錢的理由就在這裡。有錢人知道無法擁有金錢的道理，所以會遵循一定的規則來使用金錢。

「舉例來說，假設A男借錢給B男好了，B必須支付利息給A，但他如果將借來的錢，用更高的利息貸給C男的話，利息的差額對B來說，就是自己的利潤。」

「這就是銀行使用的魔法鍊金術嘛。」

「其實討厭貸款這件事，真正稱得上理由的理由，應該是道德上的原因吧。真正需要的，只有辨識C男信用水準的能力而已。

「為了使用無法擁有的『金錢』，我們也必須學習『價值』才行，這與『信用』幾乎同等重要。

「比方說，也會有像是這樣的情況吧，B不是把錢貸給C，而是把錢拿去買D這樣東西。」

「是的，我覺得那種情況還比較常見。D可以是房子、車子、電器產品等任何東西對吧。」

「這種情況，遠比用高利率貸款給C還要困難。不過，**這個選擇就是劃分有錢人與窮人的分水嶺**。

「有錢人對於D這個東西的訴求，是希望達到跟C水準相當的利息收入。不過窮人只會執著於將金錢換成物品，並擁有那項物品，而不去思考價值。然後也不執著於物品的價格，因為他們的目的放在擁有這件事情上。

「**你對於價值與價格之間的關係，理解到什麼程度？**」

「價值與價格嗎？我沒怎麼思考過這個問題。價值的話，因為有所謂的價值觀，所以是因人而異的主觀感受，價格的話，是絕對性的概念嗎？」

「哈哈哈，實際上完全相反。價格才是會改變的。

「價值大致上可分成兩種，分別是**使用價值**與**交換價值**。所謂的使用價值，就是你所說的個人價值觀延伸出來的東西，例如個人懷抱深刻情感的物品，或是心上人贈送的禮物等等。

「我所謂的價值則是交換價值。當我們去市場時，不知道標價會是多少，不過一般人口中稱為有錢人的這類人，具有分辨價值的眼睛。這雙眼睛就是區隔有錢人與窮人的能力。

「即使現在價格便宜，但只要具備足夠的價值，價格總有一天會上漲。

「再重新回顧一下金錢的歷史好了。我剛才說過，有信用的話，可以支配的金錢額度會變大對吧。所謂辨識出價值的能力，就是辨識出對象或物品能不能夠信任的能力。換句話說，這也有正反兩面。獲得信任很重要，辨識出對方能否信任的能力也很重要。

「從投資能看出金錢的使用方式。

「貸款與投資非常相似，畢竟貸款反過來說，也是一種把錢借出去的行為。

「貸款指的是依據合約決定出具體報酬額的類型，投資所指的則是報酬額沒有上限的類型。

「你認為我在投資的時候，看重的是什麼呢？

「事業的前景嗎？還是報酬率愈大愈好呢？

「這些當然也很重要，但最重要的還是信用，因為信用能創造金錢。

「那麼有錢人又是看哪一點來判斷能否信任呢？那就是投資對象至今為止的經歷。

「也就是所謂的**授信**。

「你在銀行上班時，都看些什麼呢？」

「保證人與擔保價值。這兩個項目可以提供的資訊，就能大致類推出一個人的社會地位。我們看的不僅是那個人的償債能力，甚至連保證人的社會地位也會考量進去。」

「我看的純粹只是投資對象本身而已。雖然也會考量事業的前景或報酬進行投資，但那些只不過是極其次要的條件。

「那個人過去是**如何制定計畫，付諸實踐，並創造出成果的**？

「這裡不能搞錯的是，就算最後失敗了也無所謂。經過自己充分思考並加以執行，能夠換來信用，這件事千萬不能忘記。如果還能創造出實績的話，那就更無可挑剔了。」

「那樣的話，即使是像我這種失敗的人，您也願意再次投資嗎？」

「那要看後續如何發展，請你繼續說下去。」

第10章

計畫

一夕之間，
我們的夢想變得非常真實。

對我來說，剛才老人說的每一句話都打中我的內心。尤其是貸款的部分，感覺我的看法完全改變了。如果他聽了我接下來發生的事，或許會啞然失笑，但我決定要一五一十對他全盤托出。

「我與大谷各自出資五百萬元，並決定好接下來每個階段的計畫。

第一到第三個月：產業研究
第四到第七個月：決定具體的設點條件，做好開店準備
第八到第十一個月：選定進貨廠商、僱用員工
十二個月後：店面開張

「雖然一切都還沒開始進行，但我們還是先做好了計畫。畢竟沒做計畫的話，一方面令人擔心能否實現，另一方面我認為最重要的是，如果要說服我太太讓我辭掉銀行工作出來創業，必須讓她看到明確的願景才行。五百萬元是我一個人勉強可以拿出來的金額。

「我們最先著手進行的是產業研究。

「說起來在我工作的銀行分行，餐飲業的客戶很少，不過還是有兩家規模頗大的餐飲連鎖店。仔細查閱過那些客戶的資料以後，我發現了一件事。

「餐飲業即使是連鎖的，每家店的營收還是會有很大的差異。

「因此，雖然無法像工業製品那樣預測營收，但我知道可以從地點、經營型態、菜單等組合，在某種程度上建立預測。比方說，A地點的租金雖高，但因為往來人潮眾多，所以營收用來支付租金綽綽有餘；至於B地點的話，雖然位在住宅區，租金也很便宜，但菜單上都是單價低的品項，所以營收不是很漂亮等等。細數起來沒完沒了，總之我發現有許多種不同的模式。

「開飯糰店的重點有兩個：

・外帶型

・即使銷售空間小也能開業

「餐飲業可以分成外帶型或提供服務型。外帶型只要有陳列櫃與能夠面對面銷售的空間，就可以經營下去。換句話說，人事費用與租金都能壓低。提供服務型則是有服務生提供服務，好讓客人能在店內用餐。這不僅需要很大的空間，初期投資也要花一筆龐大的資金。

「我不曉得大谷是不是考量到這些面向，才提議開飯糰店，但他所設想的商業模式，以能用最低開店資金達成目標這一點來說，是很合理的。

「那段期間，我與大谷每天都會見面。

「『這段準備期間會決定我們的未來！』

「大谷看到我比他還熱衷於產業研究，或許曾在心底竊笑吧。他總是動不動就誇獎我，還說他看人的眼光沒錯。只是從我的立場來說，因為我一直在尋求這樣的機會，所以並不覺得是被大谷利用了。

「我反而覺得自己很幸運。一想到我能跟像他那樣懂得人情世故的人一起創業，對於成功所描繪出的願景，就有截然不同的色彩濃度。雖然尚處於逐一拼湊碎片的階段，但這種篤定的心情愈來愈強烈。

「問題還是在於家人，我該怎麼跟我太太說才好？

「我告訴太太自己辭去銀行工作時，她當然是強烈反對，說家裡有個體弱多病的孩子，我這樣做到底是在想什麼？但我後續花了好幾個月的時間，慢慢地說服她。

「不過說了這麼多，我想她直到最後都沒能接受這件事。最後她似乎是輸給了我的堅持，但她要我做出承諾，自有資金絕對不能花超過那筆五百萬元，因為五百萬元是我名下戶頭裡所有的錢了。我跟她說那是當然的，她聽了多少比較安心吧。

「為了避免您誤解，我先澄清一件事，就是我太太與女兒是我的依靠。我是因為想讓她們過得比現在更輕鬆，所以才考慮跨出這一步的。我女兒有先天性的內臟異常，所以雖然好不容易上了小學，還是經常請假，偶爾還需要住院。或許是因為有這些狀況，我太太才會更加擔心吧。而我也同樣擔心我女兒，所以我很認真地想要賺錢留給她，以免哪天我們夫妻怎麼了，她也可以不愁吃穿。這樣的想法直到今天依然沒變。

「後來，大谷帶了一個姓葉山的廚師來見我。

「他是某家餐飲連鎖店的廚師，想要加入我們的計畫。年齡是二十八歲，比我們小兩歲，但他精悍的外貌與銳利的眼神令人印象深刻，光看一眼就知道是個獨立心很強的人。

「葉山是大谷透過工作認識的人，大谷說很欣賞他的廚藝，很早就在注意他了。大谷口中的最佳人選似乎就是在說他。

「雖然是在大谷努力不懈的說服下，才被延攬過來的，但他本人說這是他思考過自己的職涯以後，才得出的結論。

「『初次見面，我叫葉山健太。大谷先生一開始跟我提起時，說真的我還有些猶豫……

「『我已經從事廚師這一行十年了，在之前的餐廳也兼任過經理，現在的餐飲連鎖店給的待遇也有一定水準。但可以預見的是，就算我繼續做下去，頂多也只能升到地區經理。就在這個時候，大谷先生向我提起這件事，所以我想，跳出來試試自己的能力，也不是一件壞事。從零開始打造餐飲品牌這種充滿夢想的事，請讓我也加入吧！』

「老實說，對我們來說，葉山就像一劑強心針。而且我們本來就在考慮，味道的部分要僱用專業的廚師，如果是年輕又有野心的男人，應該也充滿從零開始一起奮鬥的鬥志吧。我認為這是從一無所有到建立餐飲品牌的最佳選擇。

「所以我們毫不猶豫地在這個時間點就僱用他了。

「距離預定開業的時間還有六個月，所以我們告訴葉山當下的狀況，把起薪設定得比較低，並答應他之後會按照營收給他一定比例的分紅。

「他說這樣也行，便接受了這個條件。雖然在開業六個月前就發生營運成本，不是一件令人樂見的事，但我認為這是必要的支出。

「接下來正式進入菜單設計的階段，我們的夢想一夕之間變得非常真實。當時真的每天晚上都聚在葉山家的廚房，一邊開試吃會一邊交換意見，討論著『這個味道好像可行喔』、『不，這個餡料的口味不夠讓人驚豔吧』，同時三人也一起出席建構經營理念的會議，討論得非常熱烈。

「『……我就說了，如果要走高級路線，勢必連包裝都得講究吧。』

「『不，如果是主打外帶的話，反而要選擇可以當場立刻食用的簡易包裝，還有獨家巧思的包裝比較好吧？』

「『那樣不會太麻煩嗎？如果每次購買都要挑選的話，我覺得統一採用其中一種絕對是最好的做法！』

「作為一個專案的開發團隊，我們的意見漸趨一致。葉山加入團隊以後，我們展開的全新調查就是其他同業。市場上有各式各樣的飯糰店，我們到處探訪了許多飯糰店，當然也確認過包含口味在內的所有細節，從轉運站內的飯糰店到行動餐車都有。

「首先，購買飯糰的是哪些客群呢？

「為了找到答案，我們整天從早到晚都在店門口觀察，看是哪些客人會來。首先以轉運站內的飯糰店來說，客群大多是粉領族，上班前外帶充當午餐便當的類型占了一半。那種店的飯糰大部分都是賣單入的，考量點是對於在意熱量的女性來說，這樣的午餐分量剛剛好。平均一個的單價大約是一百五十元，平均客單價則是三百元。

「在新幹線沿線更大間的店裡，客群則稍有不同。客人大部分都是要搭新幹線去出差的上班族，稍微豪華一點的飯糰也很多，一顆兩百元左右的飯糰賣得很好。

「幾乎所有店家都推出搭配小菜的組合價，大約兩、三顆飯糰加上小菜的組合是賣得最好的，平均客單價為八百元。

「開在商店街而非車站內的店面也看過了一輪。位於商店街的飯糰店，也有很多是在經營本業之餘，趁著空檔兼做的店，而且或許是因為用自家當店面，所以幾乎所有店家的生意規模都滿小的。

「在商店街上反而是那些沒賣飯糰的，例如高級漢堡連鎖店等類型，感覺還比較接近我們想要的開店形象。至於高級漢堡連鎖店是在哪些點上，與便宜實惠的小店做出差異化的，也給了我們一些參考。關於這個部分，身為廚師的葉山建議我們應該對材料有所堅持。

「『高級漢堡連鎖店用的食材都是很高檔的。如果是高級飯糰的話，當然不僅是餡料而已，連米跟煮飯的水都應該要有所堅持才對。畢竟一開始只有一家店，所以我們能做到的就盡量去做吧。』

「『有道理，還有煮飯的方式也要好好研究。』

「『等等，我們沒辦法準備鍋子，所以不如就用最新的電鍋如何？必須想著如何不讓其他店家複製我們的味道才行。』

「後來，食材的部分全權交由葉山決定，因為我們認為那樣也能讓他比較有幹勁。考量預算成本的協議結果是，一方面採用高級品牌米，一方面也使用較好的水來煮飯。目標單價為兩百五十元。另外也在健康食品部分準備了糙米。

「既然決定要走高級飯糰路線，果然還是得靠對材料的堅持來一決勝負。

「我們為了研究與設計菜單四處奔走，每天忙到精疲力竭，一步一步地向前邁進。常常走到兩腿都痠痛了，但也學到很多東西。

「就這樣，我們設計出來的商店標語是：

『飯糰，是日本自古以來的結緣品。』

『健康的飲食，快樂的選擇，暖心的美味。』」

◆

「不錯耶。」

老人拍了拍膝蓋，嘴上說著「真有意思！」

「謝謝！」

我充滿朝氣地回答，就跟當初還在顧店的時候一樣。

「說起來，那可能是我最快樂的一段時光吧。雖然已經離開了銀行，靠著吃退休金的老本生活……」

「因為格局決定內涵啊，在這個地方花時間是很重要的。」

我很高興聽到老人這麼說，接著繼續說道：

「對，對於飯糰餡料的菜單，我們也花很多時間開發。招牌的梅子或鮭魚口味也做了好幾種，反覆地試吃。葉山身為菜單的負責人，更是犧牲睡眠時間，投入了非常多的心力。」

「有做出什麼好東西嗎？」

「葉山說，正因為我們是新加入這個市場的，必須做出引人注目的商品才行，所以他一直在嘗試各式各樣的食材。

「然後有一天，葉山把我跟大谷找來，試吃某種口味的飯糰。我們二話不說吃了下去，結果……

「『……嗯？這個口感是？』

「飯糰與餡料合而為一，一股難以言喻的香氣在口中散開。這是人工香料無法呈現出的香氣，再加上自然溫潤的味道，滿足了我們的味蕾。

「『好吃吧？』

「葉山帶著滿臉的笑意盯著我們的臉看。與其說是在等待我們的反應，不如說是想看我們被這個味道感動的樣子。他似乎對成品相當有自信。

「那一刻，就是我與奶油飯糰的初次相遇。」

第11章

生意

人會在「需要」與「想要」時花錢。

二〇一一年十一月十一日　晚上九點

在我自豪地告知老人商品名稱時，一股微微的苦澀感同時朝我襲來。周圍的人影變得愈來愈稀疏。燈飾的光芒依舊閃耀，但下班時間的高峰已過，喝醉的上班族或聚會結束的學生在附近歡騰喧鬧。

曾經身為上班族的我，從未經歷過我現在面臨的煩惱。工作雖然窮極無聊，卻能賺到穩定的收入。回家也有太太與女兒在等我，還有喘一口氣的片刻。為了家人而努力，曾是我唯一的驕傲。

「怎麼啦？」

老人用爽朗的聲音說道，攪亂了我如一灘死水般的心。

「我知道奶油飯糰喔！」

「……那就好。」

「那附近的便利商店直到前陣子還有在賣不是嗎？原來第一個做出來的人是你們啊。」

「是的，沒錯……話雖如此，我手邊也沒留下任何證據可以證明此事了，哈哈。」

老人知道奶油飯糰的名字，老實說我很開心。因為那是我們費盡苦心才完成的最佳商品。

「我真的很感謝葉山，因為那都是他的功勞。」

「你們做出那麼熱賣的商品，為什麼淪落至此呢？」

老人的疑問很合理。

◆

葉山開發的奶油飯糰雖說是奶油口味，卻絲毫不甜膩。他將許多高級魚的魚漿以最佳比例混合，並在獨家開發的原創奶油中，拌入少許蔬菜增添口感，除此之外，還是低卡路里，味道不會太濃也不會太淡。相信他在完成之前，真的經歷過一連串的試錯。

米也配合奶油狀的內餡，採用特殊的煮法。

「葉山，謝謝你。多虧有你在，開店這件事也變得不可怕了，反而覺得更加興奮。我們一定要把這款奶油飯糰發揚光大，變成我們店裡的招牌！」

一直為了菜單傷透腦筋的葉山，聽見這番話似乎非常高興。這項商品完成時，我們三人簡直欣喜若狂。

「**好，就靠這個掀起飯糰革命吧！**」還記得我們三人如此大言不慚地喊著。

既然菜單已經準備齊全，我們便正式開始尋找店面。由於事前有研究過一輪，因此對於店面多少有一點自己的想法。雖然理想是開在轉運站內的大廳，但那裡的租金太高下不了手，因此尋找的目標，鎖定在相對較大的車站附近的店面。儘管找得手忙腳亂，但與市中心有一小段距離的郊外M站前的店鋪，幾乎符合我們的需求，加上也剛好有空位，因此我們很幸運地進駐了。

租金是一個月三十五萬元，有放置陳列櫃的空間，而且廚房設備也意外地寬敞齊全，是個很好的店面。因此，我們暫且將第一個月的營收目標設定為一百萬元。為了創造一百萬元的營收，必須賣超過四千顆兩百五十元的飯糰才行，也就是一天賣一百三十三顆以上。如果營業時間是早上八點到晚上八點的話，每小時就是十一顆。我們認為這樣的目標並不會太超過，肯定有辦法達成。

但考慮到成本的話，這樣會出現少許虧損，不過我們認為第一個月也是難免的。雖然成本率控制在三五%，但這是平均值。奶油飯糰的成本率稍微高了一點，是四〇%左右。一開始我們想的是，用奶油飯糰來吸引客人，再一起販賣梅子或鮭魚等成本較低的商品即可。

我們把店名取作「米角」，來由是把米捏成三角形，所以叫「米角」。明明是個很像老店的名字，卻希望能創造出會販賣奶油飯糰這種嶄新商品的企業形象。

終於到了要開張的那一天。

早上八點就默默地開門了，門口也沒人排隊。

第一天來到店裡的只有我與葉山兩人而已。我們穿上全新的白圍裙，互相檢查儀容，葉山一句話也沒說，但要知道他有多緊張簡直易如反掌，因為我也跟他一樣。

由於地點位在站前，因此門口往來的人潮絡繹不絕。但大家都只是瞄個幾眼而已。他們會給我們一個「喔，這裡開了新店啊」的眼神，但第一位客人始終沒有出現。此時的心思，恐怕只有體驗過相同境遇的人才懂吧。每分每秒都感覺特別漫長，就在我腦中閃過不好的預感，擔心當天的營收說不定會掛蛋時，第一位客人終於出現了。是一位年約三十出頭，黑髮及腰、令人印象深刻的氣質粉領。

我還記得自己壓抑著興奮的心情，賣了奶油飯糰與鮭魚飯糰給那位粉領小姐。

「賣出去了……！」

那一刻我真的好開心。同時，也湧起了「雖然只是兩顆飯糰的營收，但接下來終於要開始了！」的心情。

接著到了早上趕通勤的尖峰時段，陸陸續續有客人買飯糰帶走。

「這家店是新開的吧？飯糰店，不錯耶。站前有很多麵包店，但偶爾還是想吃米飯。以後我有機會再過來吧。」

也有客人對我們說了這種令人高興的話。意外的是，到了接近中午時，附近其他商店老闆也來買飯糰，順便觀望一下。

「這個地方以前是賣小菜的，但附近開了超市以後，客人都流失了。不過飯糰店的話，客群應該不太一樣吧，說不定會做得不錯喔？加油吧。」

「謝謝！！」

那天的營收剛剛好是一**百三十三顆**。

「太厲害了！剛好達標耶！」

結束一天的生意，一股爽快的疲憊感蔓延全身。在賣出的飯糰中，奶油飯糰本身的營收，稍微超過一般口味的飯糰。

「今天真是累死了，畢竟我們也還在熟悉，什麼時候要在廚房做飯糰、哪顆飯糰要再追加製作之類的流程。」

「但奶油飯糰的評價好像不錯喔。」

「還說不準呢，因為今天客人的反應要到明天以後才會出來。明天也繼續加油吧。」

隔天的銷售數量是一**百五十顆**。

第三天的銷售數量是一**百八十顆**。

這一天我在顧店時，第一天來的黑髮粉領再度光臨。然後她點了兩顆奶油飯糰。因為她感覺不像是會主動說話的人，所以我忍不住開口詢問。

「請、請問，奶油飯糰的口味還可以嗎？」

「非常好吃喔，奶油裡面加了什麼啊？」

「我們將打成泥狀的當季魚類與切碎的季節時蔬，用特製的高湯長時間熬煮入味。」

「原來如此，我跟朋友說到這裡的奶油飯糰，他說他也想吃，所以有一顆是我朋友的。」

我把這件事情告訴葉山以後，他高興得都要在地上打滾了。雖然他平常作為匠人有固執的一面，但在這方面應該是不折不扣的料理人吧。看他被人稱讚好吃就高興成那個樣子，簡直像孩子一樣，是我之前從未見過的反應。

第一週的營業收入比預估的稍微多一點。雖然每天多少有些起伏，但我們對於漸入佳境的反應很滿意。其中，星期日的銷售數量甚至達到**一百八十顆**，準備好的分量竟然銷售一空！

由於傍晚就賣完了，因此我們為了下一週的進貨量，趕緊打電話給食材批發商，下訂比之前更多一點的數量。

「確定嗎？開幕時有銷量是很正常的喔。雖然要追加訂單的話，我們也是沒問題的。」

「嗯，沒關係，因為我們一定賣得完的，哈哈哈。」

「哎唷，很有信心嘛。日後也請繼續保持喔。」

雖然是半開玩笑說的話，但那句話變成了現實。第二週創下了比第一週更高的銷售紀錄。

儘管還在剛起步的階段，但我們認為這個生意一定會很順利。那並不是像準備階段那種模糊不清的感受，而是在實際與客人互動的過程中，切身感受到的現實。

唯有一點與當初預想的不同，那就是只有奶油飯糰一枝獨秀。以比例來說，如果奶油飯糰的營收是七成的話，一般口味的飯糰就是三成。老實說，成本很吃緊，因此我們悄悄把奶油飯糰的價格漲了五十元。當然，並不是單純地說漲就漲，我們也沒忘記貼上字卡強調：「奶油飯糰，開幕特價兩百五十元，只到這個月為止！」

但漲價後的銷售數量依然一路成長，上升曲線沒有要停下來的意思。看到客人即使漲價也照樣消費的模樣，真的覺得很不可思議。由於我們的店應該還不到具備品牌力的程度，因此這純粹只是奶油飯糰這項商品的訴求力戰勝了市場吧。

我認為人買東西的理由五花八門，不過大致上可以分成兩種類型。

人會在「需要」與「想要」的時候花錢。

若要說奶油飯糰在這兩者之中屬於何者，我想應該是它勾起了客人「想要」的欲望，而且似乎兼具容易口耳相傳的條件：「車站附近開了新的飯糰店」、「那裡有賣以前從沒吃過的飯糰」。

開幕一個月後，營收順利地一再創新高。我們**連「死亡之谷」都沒有經歷過**，也沒有打廣告，因此我認為我們非常幸運。無論是哪種經營型態的店，最初都是從沒有客人的狀態開始，因此一開始也做好最壞的打算，必須要有會虧損幾個月到一年的覺悟，沒想到實際開箱後，卻賺到超出預期的利潤。現在想起來確實很幸運，但當時我們認為這是身為創業顧問的大谷、身為前銀行員的我，以及手藝絕佳的廚師葉山通力合作的結果，是我們的實力。從某種角度來說，我們理所當然地接受了這一切。然後我們的下個步驟是，**要把這發揚光大到什麼程度**？我們進入了下個階段。

開幕兩個月後，原先以一天一百多顆的水準持續成長的銷售數量，達到了兩百顆以上，回客率也明顯地有所提升。那陣子我每天都在店內，因此見到愈來愈多客人對我笑著打招呼，我開心得不得了。

在時常光顧的客人眼裡看來，我就是個和顏悅色的飯糰店店長吧。應該沒有人會想到，我竟然是個辭掉銀行工作，想把握一生一次的機會，闖出一番大事業的男人。但仔細想想，假如那一帶的商店或企業，全都有某個人賭上人生的話，那可真是一件不得了的事。

我與葉山每天都來到店裡做生意。進貨與備料由葉山在前一天晚上完成。飯糰的捏製使用的是葉山設計的飯糰製作機（只要把米與餡料填入模型中，用力壓緊即可做出飯糰），因此早上是由我與工讀生兩人顧店。

不過唯有大谷一人，尚未辭去自己原本的工作。「有些事情是因為有顧問的名義才做得到，所以這陣子得勞煩你們了。」他如此說著，將店內的管理工作交給我與葉山，每星期頂多只來店裡露臉三次而已。當然，我知道他是在百忙之中抽空前來的，但還是對此有點不滿。

但在生意好的期間，我們覺得「或許真如大谷所說？」並沒有特別對他說什麼責備的話。或許是因為那段期間他不拿薪水的關係吧。

有一天發生了一件事，讓奶油飯糰的銷售量一夕暴增，就是登上了當地電視台的晨間資訊節目。

「電視台要來採訪耶，怎麼辦……？」接到採訪導演的聯絡，我開心得簡直要飛上天了。

採訪順利結束後，我還答應了對方的要求，將在播出當天早上從攝影棚現場連線到店裡，所以那天開店時，我比平常準備得更加努力用心。

「……咦？」

我真的大吃一驚。一打開鐵捲門，已經有客人在排隊了。明明節目還沒播出啊！所以當天直播時，有一堆人在店門口排隊，沒有比這更好的宣傳了。

事後一問才知道，這全都是大谷一手安排的。電視台的採訪也是他的功勞，當天排隊的人潮也是他僱人來排的。大谷這種滴水不漏的安排，真的令人佩服不已。

結果當天的銷售量創下有史以來的新紀錄，達到一千兩百〇三顆的驚人數字。整天反覆地捏了又賣、捏了又賣，最後賣到米都用完了才打烊。當天的營業時間結束以後，大家都累到快昏厥過去。

而且第二天開始，宣傳效果仍持續發威，奶油飯糰售出的速度簡直像用飛的一樣。

一週後，在大谷的號召下，我們趁營業結束後開了會。

大谷想要討論的是「**該如何把握這個機會？**」老實說，我跟葉山因為連日來的盛況無法好好思考，光是為了隔天的備料就分身乏術了。但大谷似乎因為沒有直接參與店裡的事，所以能客觀地思考米角的經營。

「我也沒想到事情會這麼順利，看來電視的力量還是不可小覷，仍然有可能改變一個人的命運。啊，我知道這當然也是因為葉山的奶油飯糰很好吃，所以才會這麼受歡迎。只是從現實面來看，媒體的效果大概只能維持一個月左右。

「所以我有個提案，現在M站前有一號店了，要不要再找個地方開二號店？」

「什麼？這麼快就要開二號店？說真的，光是現在的店就已經夠忙了，何不等到一切稍微步上軌道以後再說呢？」

「不，我認為所有事情都要乘勝追擊，多方嘗試比較好。現在的店照這樣經營下去，營收還是會有極限吧？」

「是啊，一天做一千顆來賣就是極限了。現在奶油飯糰與其他口味飯糰的營收是八比二。目前是臨時找工讀生來，勉強還可以運作，但要再提高營收應該很困難。」

「我們當初創業本來就不是為了成功經營一間飯糰店，你忘記目標了嗎？」

「是這樣沒錯，但就算要開二號店，我們也沒有準備好足夠的資金啊。假如會花跟一號店一樣多的錢，大概要六百萬元。如果要等到湊足那筆錢，還得再等待半年才行。」

「現在向銀行貸款應該能貸到不少額度吧？」

「不，我們一開始就約定好了，只能靠自有資金去做。」

「要做就得趁現在去做，人要懂得隨機應變啊。」

就在我與大谷各持己見時，葉山開口打斷了我們。

「那個……我有個提案……」

葉山的說法是，因為M店的廚房空間寬敞，還有餘力製作飯糰。所以只要距離近到可以從M店運送做好的飯糰過去，設備就不必跟一號店一樣，這樣是不是就有可能花更少的預算開二號店。這項提案救了我們兩個。

大谷立刻提議要在下一站的K車站內租借櫃點。雖然只是將近十坪的空間，但那樣的空間也十分足夠了吧。租金是每月二十五萬元，加上簽約金、新的材料設備等等，初期費用是三百萬元。這個金額的話，應該不用等到半年就可以籌到了。大概三個月就能從每個月的現金流中撥出足夠的金額。

米角K車站店的開幕，實際上比那還快，是兩個月後的事。

結果不出所料，非常成功。因為開在車站內，所以人潮也比M站前店多出許多。然後賣的又是時下話題熱議的奶油飯糰，客人反應也很好，營收達到了當初預估的兩倍之多。

「糟了，葉山，K車站店又銷售一空了，那邊聯絡我們說快點再送一些過去。」

「那就請打工的高崎同學送過去好了，看來還能再賣更多出去喔。」

「是啊，還說至少要把奶油飯糰送到，動作快一點的話，應該能趕個一百顆吧？」

「如果只做奶油的話，我想三十分鐘內應該有辦法做出來！」

M站前店平均一天的銷售量是八百顆。

而K車站店平均一天的銷售量是五百顆。

K車站店只有銷售空間，安排一名工讀生負責銷售即可，因此利潤率算是非常地好。

說到那段日子賺的錢，我大概是每個月一百萬元，葉山因為有業績獎金，所以大概是一百五十萬元吧。果然餐飲業只要做得起來，成果就會很豐厚。

米角二號店的經營也上軌道後，我逮到看起來總是很忙的大谷說：

「目前店裡的經營也變得比較輕鬆了，所以想跟你談談你的酬勞……」

「喔，那件事啊。」

「你想要多少呢？」

「現在米角的生意有多好？」

「你是說數字上還是感覺上？」

「兩種都是吧。」

「嗯……從結果來看，開二號店是非常正確的決定。付出的成本沒有那麼高，利潤卻能增加將近一倍。二號店的開店形式也很好。如果是現在的話，應該可以支付給你相當水準的報酬喔。」

「這樣啊，那我就恭敬不如從命了。

「那我的酬勞就拿每月營收的五％……會太多嗎……？」

「不會，是你給我成功的機會，籌備開店時，你也在沒拿酬勞的情況下，為米角做了很多事，我感謝你都來不及了。就照你說的條件吧，不需要客氣。」

我們的米角一切順風順水。

那天，我難得決定提早回家。一想到太太與女兒的笑容在家裡等著我，步伐也不知不覺變得輕盈許多。

第12章

價格

定價的能力，
決定品牌力。

二〇一一年十一月十一日　晚上十點

季節明明是初冬，感覺卻沒有那麼寒冷。聊一聊成功的事蹟，果然還是滿愉悅的，難怪書店裡充斥著成功人士寫的書籍。不知道為什麼，心情莫名就高昂了起來。

老人似乎也在安靜聆聽著。他在想些什麼呢？我轉過去看向老人，才發現他一直閉著眼睛。

「……老先生……鬼牌先生。」

「啊，抱歉，我打了個盹。」

「……什麼？」

「到了這把年紀，早就聽膩了成功的故事……」

鬼牌不經意地捲起左腕的袖子，似乎想看看時間。

「明明賺的錢大幅成長，你們變得相當富有，結果卻……剛才講到這裡對吧。

「你回顧當時的自己，有什麼想法呢？」

「嗯……我有滿多想法的，但大致上來說，我覺得自己做得很好。」

「這樣啊，你說的話是人在有錢時會顯露出來的本性，不過就目前所聽到的，你顯露出來的似乎是好的一面。你變得比較游刃有餘，可以眼觀四面、耳聽八方，那樣的狀態是非常好的。

「有錢以後會出現的優點，一是可以自由掌控的事情增加了，二是變得比較有餘裕。**如果有餘裕的話，人會變得比較冷靜，不容易失誤。**」

「對，您說的沒錯。」

「雖然你渡過了幾座危險的橋，但在旁人的協助下，順利地走到了這一步。然而，接下來才是問題的開始吧。」

鬼牌先生說的沒錯。

當時兩家店合計的月營收超過一千萬元，所以我成了光靠兩家店，就達到年營業額一億兩千萬元的餐飲連鎖店老闆。

剛辭掉銀行工作時，也有人說：「前銀行員改行做生意肯定不會成功。」但人只要肯拼死去闖，總會走出一條路。

我認為奶油飯糰的人氣漸趨穩定，也有了一定的知名度。

還有能力僱用其他工讀生，而我也不必再每天坐鎮，店面還是可以順利運行。

討論到要在便利商店「推出飯糰聯名商品」的話題，是在二號店上了軌道一陣子以後的事。大谷主動向某家大型連鎖便利商店提案，結果對方爽快地回覆說：「請務必與我們合作！」

對便利商店來說，像這種感覺上還不是主流、店家口碑不錯的特殊飯糰，應該既新鮮又合適吧。這是推銷米角品牌的絕佳機會。

但老實說，我聽到這個提案時，內心是很猶豫的。所以我約了葉山與大谷，三人一起開個會。

大谷當然是贊成的，葉山持反對意見，我的態度則搖擺不定。

我認為便利商店提出的條件相當不錯，簽約金兩百五十萬元，權利金則是營收的一％。

只是雖然是共同開發，實質上卻得交出奶油飯糰的食譜，定價權也在便利商店那邊，這是我有所顧慮的部分。

大谷試圖說服我們，說現在最重要的事情就是提高知名度。

葉山反對的理由似乎是因為要交出食譜，畢竟這也是他的嘔心瀝血之作，我能理解他的心情。

但我在意的點是，定價權在便利商店那裡。就便利商店的立場來說，他們打算利用米角奶油飯糰的人氣，好提高飯糰賣場的營收。而從便利商店飯糰的價格區間來看，他們肯定打算用兩百元上下的價格來販售吧。

如果便利商店就有賣兩百元的飯糰，誰還會花三百元來買我們店裡的呢？

另一方面，我也能理解大谷想要接受這個提案的心情。目前我們尚未在國內打響知名度，如果奶油飯糰能在便利商店熱賣的話，一口氣將奶油飯糰拓展到全國也不再是夢想了吧。這件事情對米角品牌貢獻的效果，是難以衡量的。

我被迫做出選擇。然後，經過一番苦思以後，我決定拒絕這個提案。

◆

「那個決定，是你以米角老闆的立場考慮後的結果嗎？」

老人不假思索地向我問道。

「是的，我那個時候的立場，已經得決定所有與米角有關的事，並肩負起責任了。」

老人不知道是不是接受了這個說法，點了點頭就表現出繼續聆聽的態度。

◆

大谷的回應是，他尊重我的意思，但為什麼要拒絕？

「在便利商店賣我們的奶油飯糰的確很吸引人，但為了得到那個權利，我們會失去一樣東西，就是定價權。你還記得你一開始跟我說的法國料理的事嗎？」

「嗯，我記得。」

「我們在那之後，也定出了米角的理念吧。然後我直到今天依然是這樣想的，**定價能力決定品牌力**。

「星巴克之所以為星巴克，關鍵是什麼呢？只不過是咖啡而已，你以為所有人都能夠辨別咖啡的味道有何不同嗎？差異不在於鬆鬆軟軟的沙發，也不在於悠閒舒適的店內環境，而是價格。我認為正因為它貴，才有它的價值。我們的奶油飯糰在飯糰之中屬於高價的，但客人卻認為我們提供了相應的價值。如果把它用更便宜的價格賣出去的話，感覺這一路以來的順風順水都會化為泡影。」

我不知道大谷是否能接受我說的話，因為他並沒有特別回應，只是他似乎對我充滿自信說話的樣子很有感觸。在實際接觸管理的過程中，我的變化或成長的模樣，似乎也讓周圍的人大吃一驚。

此時我的決定是，表明我「要親手把米角發揚光大」的決心，而大谷似乎也接受了。在那之後，我覺得他愈來愈少插手管理上的事。

第13章

賭博

要靠自有資金
一步一腳印地展店，
還是向銀行借錢
一口氣擴張？

這個城市的店家早早就打烊了。

如果我們待在哪家咖啡廳的話，此時應該會被告知「本店即將打烊」的女服務生趕出店裡吧。就算要找下一家店，也沒有其他營業到深夜的咖啡廳，所以八成會沮喪失落地回家去。

不過我們從碰面開始，就一直坐在廣場旁的長椅上。

本來只覺得這張椅子設計得很好，結果功能似乎也很優秀，即使長時間坐著，也沒有那麼疲憊的感覺。

燈飾的光芒也陸續黯淡下來。這個時間依然亮晃晃地照著街道的，只剩下便利商店的燈光而已。現在街上到底有幾間便利商店呢？我注視著遠方，思考著這個問題。

「我總是覺得，像後悔莫及、未雨綢繆這種成語，都是要我們做事謹慎，但實際上要切身體會到這些成語的真意，大多是在事情結束以後，要不就是後悔的時候，要不就是跌倒了以後……」

老人語帶幽默，多少讓我的心情和緩了一些。

我開始緩緩述說接下來的事情。

現在回想起來，當時的我似乎變得心浮氣躁。因為已經勝券在握，所以言行舉止也變得更加大膽。

我至今依然清楚記得當時的感覺——好不容易巨大的成功就近在眼前，所以不往前進是我的損失。或者是說，光是什麼也不做，就有種損失的感覺……

這次的輸贏不需要像最初創業那樣鼓起勇氣，只要默默將棋子迅速往前移動即可。

不過卻有件事情阻止我這麼做，那就是自有資金的約定。**要靠自有資金一步一腳印地展店**，**還是向銀行借錢一口氣擴張**？我再一次被迫做出選擇。

奶油飯糰的人氣已經過了一時的巔峰，但依然穩定地為營收做出貢獻。

我滿懷信心地相信，如果能在此時祭出最佳策略，米角的經營本身就會更上一層樓。

此時，我獨自一人做了決定。我的計畫是，三號店與四號店同時開幕。

我也決定向銀行貸款兩千萬元。

後來向他們兩人提起這件事時，他們都很驚訝。我想是因為我曾經如此堅持要使用自有資金的緣故。不過隨著經手的金額愈來愈大，我開始覺得「我是辦得到的！」而且如果是貸款兩千萬元的話，從現在的利潤來看，應該一年半就能還清了。

◆

三號店位在這個城市最大的S站大廳內，那個車站是新幹線也有停靠的車站。那是我們一開始夢想開店的地方。

四號店決定開在這個城市最大的鬧區T町。T町有電影院，也有時髦的咖啡廳，是適合作為約會地點的鬧區。

這兩間店同樣都位在市中心，因此距離很近。我決定仿照M站前店與K車站店那套運作得很順利的做法。

也就是在與兩間店等距離的地方租用廚房，在那裡製作飯糰，再運送到兩邊店面的模式。或者應該說，有一部分是因為一開始就想採用這種模式，所以才決定兩家店面同時開幕的吧。我已經嘗到成本相同、利潤倍增的甜頭了。

S站內大廳的租金是每月五十萬元，簽約金與店內設備等費用估計將近兩千萬元，這個金額是必要的初期費用。T町的租金是每月四十五萬元，加上還需要一筆包含店面外觀在內的改裝費，因此這裡的初期費用大約是一千兩百萬元。然後因為始終找不到合適的地點當作廚房，所以有點著急，不過剛好有一個附帶設備的店面在出租，因此我就承租下來，租金是二十五萬元。我們用貸款的兩千萬元與自有資金一千五百萬元，加起來總共三千五百萬元，來支付這些費用。

我們不僅僱用新員工，也把店內改裝工程委託給設計師，想要按照自己的期望去打造一切。

撒出去的錢猛然暴增，我也逐漸感到焦慮，但還是自我說服說：「現在是關鍵時刻。」

◆

「喂，這個數字是怎麼回事？」

就在我成天忙著準備開店之際，大谷跑來找我問話。

他手中拿著的是上個月的營收資料。

「上個月的營收怎麼了？」

「飯糰的**報廢損失**怎麼增加了？」

「那是因為上個月開始籌備新店面，增加了奶油飯糰的出貨量，所以報廢損失也增加了。」

「增加出貨量是怎麼個增加法？」

「我把煮飯的工作全部委託給外面的業者。」

「什麼？你為什麼要這樣做？」

「哪有為什麼，因為接下來需要更大量的米啊。店面變多了，這也是沒辦法的事吧。如果不趁現在外包出去的話，哪有辦法叫每家分店連飯都自己煮！」

「但用剛出爐的米飯做飯糰，不也是我們的理念之一嗎？」

「我們展望的最終目標，是開設連鎖店吧。我認為現在就是機會，要加快速度，一口氣成為市場的主流。如此一來，你的酬勞也會增加喔。」

大谷似乎不太滿意我的作法，但他沒再多說什麼，而且既然已經把實際的管理工作交給我負責，我也不會讓他有置喙的餘地。

「你好像有點變了。是不是自從推掉便利商店的合作以後，你就變得比較焦急呢？」

「比起這件事，你自己也是做顧問的吧，有沒有什麼話想告訴現在的米角？」

「沒有，我認為你做的是正確的。只是最好當心不要一下子衝太快了。」

「那種事情不用你說我也知道。葉山為了新店開幕的事，正傾盡全力開發新菜單。你要不要也辭掉顧問的工作，趕快來這裡幫忙？我們這邊比較有趣喔。」

「嗯，我看你就知道了。跟你之前沒自信的時候比起來，眼中的光芒簡直判若兩人。」

我大幅改變了店面的經營形式。

為了一次達成擴大化與效率化，所有能交給別人做的事情，我都盡量交派出去，專心投入新店的開幕準備工作中。

葉山對於如此劇烈的改變多少有些擔心。

「總經理，這是委託給外面製作的米飯，味道好像沒那麼好吃了。」

「那也是沒辦法的事，畢竟之前都是用最新型的電鍋來煮最高級的米。不過米都是一樣的，所以沒問題的。」

「是嗎……」

「奶油飯糰的關鍵在於奶油的部分。奶油還是照之前的方式，用你的食譜去製作。這個部分完全不會妥協！」

◆

老人看也不看我一眼，直盯著那些從自己眼前經過的人影，漫不經心地問道：

「為什麼你創業時明明那麼**堅持要用自有資金，後來卻如此乾脆地出爾反爾，反而想要向銀行貸款**呢？」

「其中一個原因是我不想錯失大好良機。只要好好利用奶油飯糰現在的人氣，我們就能離成功更近一步，而且現在能做的也只有積極展店而已。無論奶油飯糰再怎麼受歡迎，我們也只是在地方上小有口碑的店而已。推掉便利商店合作案以後，我就意識到現在正是讓事業起飛的時候。我認為現在就是一決勝負的時機，與其慢慢等待自有資金的累積，不如直接向銀行借錢，在自有資金上開槓桿。」

「這跟你一開始說的很不一樣。你有注意到這件事嗎？」

「實際賺到錢以後，隨著店面的業績愈來愈好，我經手的金額也飛躍式地成長。我開始覺得兩千萬的貸款，是很快就能夠還清的數字。實際上每個月要還的錢，跟預估營收比起來根本微不足道。

「當時我以為只要再一下下，就能夠晉升成功經營者之列了。誰能想到我第一次創業，就能夠做得如此風生水起？連我太太也想不到吧。」

「那段期間，你有跟你太太聊天嗎？」

「沒有，就算回到家，我也是滿腦子想著米角的事……我什麼也沒跟她說。」

「那你借錢的事也沒跟你太太說囉？」

「對，我沒跟她講事業上的事。我一心以為光是每個月銀行戶頭裡的餘額增加，就能讓她心滿意足了。」

比起我的事業，當時她滿腦子想的都是女兒愛子的事。

◆

「我們今天也去了趟醫院，愛子的身體狀況還是沒有改善。」

「醫生怎麼說？」

「他問我們要不要考慮轉到縣城南部的大醫院去看看。」

「我知道了，錢的事情你不用擔心，選擇對愛子來說最好的方案就對了。」

「也是。我知道現在對你來說是最關鍵的階段，你自己也要注意身體喔。」

◆

我在外面工作賺錢，太太掌管家中的一切，我認為這樣是最好的，就算我陪在她身邊也無濟於事。

「你真的那樣認為？」

被老人這麼一說，我一時語塞。現在回憶起來，我只是放著女兒的事情不管，全心沉浸在自己創業的樂趣中而已吧。

「事實上，在成功的經營者中，也有一大堆人選擇犧牲家庭。我完全沒有要拿這一點責備你的意思。畢竟在某種程度上，經營事業一定要投入到這種程度，才有可能會成功吧。但你也應該要回歸自己的初衷，想一想當初究竟為什麼要開始創業。隨著經手的財務規模變大，你的內心似乎逐漸失去了那樣的餘裕。」

老人把視線從我身上移開，凝視著遠方，彷彿想起了什麼似地。

「那個時候，M站前店與K車站店的管理是誰在負責呢？」

「可以交給別人的部分我都交出去了，但帳簿一直都是由我在看的。」

「那新開幕的兩家店，預計由誰來管理呢？」

「我決定靠葉山的人脈，去挖角大型餐飲連鎖店的經理，名字叫什麼我忘了，因為我很快就叫他走人了。」

「哦？那又是為什麼？」

「我覺得自己對他做了非常糟糕的事。新開幕的店該做的事情堆積如山，真的很辛苦。我想忙得暈頭轉向，好忘掉內心的焦慮。我做這些事情的心態，就只是覺得只要過了這一關，一切都會變得很順利。」

老人嘀咕了一句：

「真是傲慢啊。」

第14章

失去

一旦齒輪開始失控，
事態會在一夕之間急轉直下。

終於到了三號店與四號店開張的那天。

新店面的門前出現了排隊的人潮。這是仿照大谷使用過的伎倆。我請人找來認識的人，一大早就來店門口排隊。由於這場賭注絕對不可以輸，因此我不惜花費重金，在所有我認為最好的方法上。

不僅如此，這兩家店還有另一項特徵，就是販售的飯糰全部都是奶油飯糰系列。一方面是因為在前兩家店的各種口味飯糰中，營收占比依舊是奶油飯糰獨領風騷，另一方面從作業效率與成本面來考量，我認為單賣奶油飯糰比較容易獲得成果。

新菜單的部分也請葉山設計出多款奶油飯糰，分別為「烤奶油飯糰」、「梅子奶油飯糰」、「雞肉奶油飯糰」以及「元祖奶油飯糰」四種。

第一天達到了預期中的營業額，我覺得沒有這個更好的開始了。只要在這裡創造實績，米角的品牌化也能夠一舉向前。

然而，事情卻不如我的預期。

第二天的營業額幾乎跟第一天一樣。然後，接下來一週都維持同樣的狀態。不過過了第三週以後，我開始察覺到一些異狀。無論我們再怎麼努力，都無法超越第一週的營收。

葉山與新經理來到我的辦公室，準備開會商討對策。

「總經理，營收比我們預期的情況還要差……對不起，我設計的新口味飯糰評價好像不太好。」

看著滿懷不安的葉山二人，我用力擠出笑容答道：

「沒這回事，新的店面要在一個地方扎根，本來就得花一些時間，現在是我們要咬牙撐過去的時候，盡力去做所有能做的事吧！」

雖然嘴巴上是這麼說，但我內心已經緊張得狂冒汗。我感受到在前兩家店從未經歷過的壓力。

（怎麼偏偏這兩家店的營收不見起色……明明這裡的人潮比之前的多出許多，而且主要客群的上班族或粉領族也很多人經過這裡啊。）

「……跟大谷商量看看好了。」

自從便利商店的事情以來，我們的關係變得有點尷尬，因此我也不好意思聯絡他，但事到如今也顧不上這麼多了。沒想到主動聯絡他以後，他很爽快地提供我一些建議。

「那兩家店確實不差，但也說不上好吧。那一帶有很多新穎又華麗的店，所以也可以說是被埋沒在街上了。雖然奶油飯糰是暢銷商品，但從開賣以來已經將近一年了吧？客人吃過一輪也差不多吃膩了？要不要試試看推出新商品呢？」

「新商品的話，我們已經在嘗試了，是奶油飯糰的衍生商品，總共推出了三種新口味。」

「這樣啊……」

話一說完，大谷便陷入沉默。他究竟在想些什麼？別默不吭聲，給點主意啊。大谷沉默了一會兒之後，故作開朗地對我說：

「……反正呢，沉住氣來是很重要的。說不定只是時機不好，營收剛好掉下去而已。對了，不然打個廣告怎麼樣？」

「打廣告這種要花錢的事，我們沒本錢去做啦。」

「印製傳單、舉辦行銷活動也是廣告的一種啊。比方說，每個月設定幾天打折促銷的日子，然後在站前發傳單之類的……」

「你好歹也是個顧問，結果只能給出這種程度的意見啊。」

「畢竟現在能做的就只有這些了。其他的話，如果在櫃檯提供試吃服務呢？很多店家在做的事情，就代表是有效果的事情。加油吧，別灰心啊。」

「我知道了，我盡力而為吧。」

在那之後，我們提供過試吃服務，也在面紙裡塞過米角傳單，拿到車站前去發送。僱來的工讀生中，也有很多人以為只要賣東西就好，所以這份工作在員工之間的評價似乎不太好。在我視線無法顧及的地方，這份工作好像變成了工讀生之間的懲罰遊戲一樣。但就算被員工討厭或輕視，這都是我賭上生計在做的事，現在可不是在乎體不體面的時候。由於之前賣得那樣嚇嚇叫，因此這些事情都是我初次經歷的部分。我逐漸對很多事情感到焦躁，也愈來愈常因為一些小事就對員工發怒。

但最可悲的是，即使已經做到這種程度，營收還是絲毫沒有改變。

然後，更恐怖的事情發生了。新店面開幕三個月以後，營收逐漸呈現減少的趨勢。接著從這個月開始，所有店面的奶油飯糰營收，都以明顯可見的趨勢開始衰退。

三個月過去，新店面（S車站大廳店、T町店）的營收只達到預期中的一半。

舊店面的營收好不容易才維持在衰退兩成的水準，但由於每家店一直以來都靠奶油飯糰獨撐大局，因此奶油飯糰的營收一旦衰退，就直接影響到了經營。

新店面每天都會報廢掉大約四百顆準備好的奶油飯糰。此外，由於無法繼續支付薪水的關係，新請來的工讀生有一半得解僱掉才行。

因為人手不足，所以我再次站上了一號店的M站前店櫃檯。久違地站在櫃檯，看出去的風景變得與之前稍有不同。以前顧店時那些所謂的常客，如今都已不見身影。

明明曾是人人排隊爭搶的味道，這半年左右的期間內，究竟發生了什麼事？大家吃膩了、這種口味吃一次就夠了、味道有點變了，我想理由所在多有，如今就算追究原因，也只是自討沒趣。

面對如此沒道理的事情，我只有滿心憤世嫉俗的情緒而已。

一旦齒輪開始失控，事態真的會在一夕之間急轉直下。

第15章

墜落

投資這麼多錢在流行一時的商品上，這件事情本身就很荒唐吧。

雖然我不想承認，但作為經營者還是必須接受奶油飯糰人氣退燒的現實。於是，我也著手開始補強新店面的概念，在原本只賣奶油飯糰的店面，仿照舊店面放上一般口味的飯糰。

這個策略雖然貢獻了每天二十顆左右的營收，但S站大廳內也有很多有賣便當的店，因此無法達成差異化，導致我們成了一家毫無特色的飯糰店。再說，像T町這種滿街時髦咖啡廳的地方，誰還會買外帶的飯糰呢？

後來我們也稍微調整了一下方向，推出以米穀粉麵包為基底的三明治，但這個商品的成本過高，完全無助於提高營收。

即使是在員工之間評價很差的事情，只要認為說不定會有一%的效果，我也都盡力去嘗試，但營收依舊無法回到之前的水準。營收的減少也嚴重影響到每天的現金流。最後演變成新店面所造成的報廢損失，直接吞噬掉舊店面的利潤。

即使如此，還是沒有撤掉新店面，一部分可能是因為意氣用事吧。當初照我的意思改變了原本一切順利的事，一口氣投入效率化與擴大化的工作，而我並不想承認，這些全都是錯誤的決定。

如今冷靜下來回顧當初，可以想到無數個失敗的理由。說來說去，投資這麼多錢在流行一時的商品上，這件事情本身就很荒唐吧。

當時我告訴自己與員工說，我們正處在死亡之谷的階段，現在是必須咬牙苦撐的時期。即使如此，手邊的資金還是一分一秒在減少。不過，就算是在這樣的經營狀態下，還是必須採購原料才行。到後來我們連這筆錢都快付不出來了。我決定努力排除所有造成現金流惡化的原因。

我再次去找大谷商量。

聽完我的話，大谷丟了這麼一句話回來：

「營收的五％有困難嗎？」

「抱歉，大谷，現在真的有困難，是需要多加把勁的時候。明明前陣子才收到銀行增貸的錢，資金就已經周轉不過來了。當初跟你約定好要支付營收的五％，可不可以至少改成利潤的五％呢？

「現在全部店面的月營收大概是五百萬元，但租金、人事費用、報廢損失等費用加一加，每個月有四百萬元的支出。在這種情況下，營收的五％是二十五萬元，利潤的五％則是五萬元，大約只有五分之一。這筆二十萬元的差異對現在的米角來說是很大的。如果是以前的米角，因為成本相同、營收倍增，所以差異沒有這麼大，但現在狀況不同了。」

「這樣啊。但如果我說……那跟我沒有關係，你八成會說我不近人情吧。那樣我們的約定算什麼呢？」

「……」

「你可能認為如果是我的話，一定會答應你的請求，但要是我跟你完全不認識的話，你一定會做出不同的選擇才對。反倒是你，就是因為事情變成這樣，才會選擇先來找我商量吧。你就是認為找我商量的話，我一定會答應，所以才來這裡的，不是嗎？」

「確實是這樣沒錯，但米角陷入危機，對你來說也很困擾吧？」

「不，創業本來就有可能失敗，所以我並不特別覺得困擾。」

「什麼？你那是什麼意思？」

「就跟你說了啊，創業本來就有可能失敗。接下來該如何東山再起，不就是經營者發揮實力的時候嗎？」

「你別說得事不關己的樣子。因為本金已經回收了，所以就變成局外人了嗎？這門生意一開始可是你先找我一起做的耶。」

「你才說得事不關己的樣子吧。對你來說是控制支出，但對我來說是減少收入耶。還是說因為我從頭到尾都沒有參與管理的工作，所以你覺得減少也是理所當然的？」

「不，我不是那個意思……」

「那就好好遵守約定。一開始的確是我先找你來開飯糰店，不過後來做的事情都是你自己做出決定的。雖然情況似乎很棘手，但約定就是約定。不然這樣，要不要從現在開始跟便利商店合作？或許可以就此扳回一城喔。好了好了，你別一臉沮喪的樣子嘛。」

「好吧，那個負責人跟你有一點交情吧，你能再幫我傳話一次嗎？」

「小事一樁。」

與大谷商量未果，變成再次挑戰跟便利商店合作。如果便利商店的合作案談成了，或許真能如大谷所言扳回一城。只要拿到簽約金與權利金，現金流應該也會改善才對。如果連實體店面的營收都能多少提升的話，那就再好不過了。然而，便利商店的負責人與之前相比態度丕變，開出的條件也比上次講的還差。他們果然也察覺到人氣漸漸走下坡吧。

與便利商店的簽約金是一百萬元。另外支付營收一％作為權利金的條件不變，但簽約期間，也就是商品陳列的期間，變得比之前還短，只有兩個月而已。然後他們在談判桌上當場表示，想以兩百元的價格販售奶油飯糰。

葉山對此極力反對。可能他對自己發明出這款奶油飯糰相當自豪吧。我想他無法忍受的是，自己的心血結晶就這樣被區區一百萬元給奪走。

「如果總經理那樣判斷的話，我也無話可說，但對我來說，自己做的奶油飯糰就像我的孩子一樣。雖然我也拿到非常充分的報酬，但要我把堪稱自己孩子的奶油飯糰食譜用這個金額賣掉，老實說我很難接受。」

「嗯，我很了解你的心情，但這也是為了提升奶油飯糰的知名度，希望你能理解。」

「就算提升知名度，也不見得就會變成我們的營收啊。」

這件事確實如葉山所言。

◆

我認為與便利商店合作這件事，確實提升了奶油飯糰的知名度。不過，既然同樣口味的飯糰在便利商店賣的價格便宜一百元，何必還要來我們店裡購買呢？

在與便利商店合作的期間，奶油飯糰的營收一落千丈。尤其是在T町的米角，有一次甚至一整天下來的銷售量只有七顆。便利商店雖然貼上華麗的標語幫我們宣傳，上面寫道：「掀起話題的奶油飯糰終於正式發售！」但商品可能早已失去新鮮度，不僅營收沒什麼起色，還不是全國販售，而是地方限定商品之一，因此權利金也微乎其微。

實際上，這成了壓垮駱駝的最後一根稻草。

營收未見改善，與葉山的信賴關係也瓦解，還付不出薪水給我聘來的新經理，只好請他考量公司立場主動辭職。由於他是在葉山介紹下才過來的人，因此葉山恐怕也是在這個時候下定決心的吧。裁員的隔天，葉山來到我的面前。

「總經理，很抱歉，請你也接下我的辭呈。我沒有信心可以跟你攜手打拚下去了。」

「為什麼？我們不是一起努力到這一步了嗎！現在是最難熬的時期，你現在辭職的話，米角就什麼也沒有了。」

「怎麼會呢？你只要像裁掉新經理一樣，想成是削減人事費用就好了啊。」

「不一樣！你是無法用錢來衡量的。我們能走到這一步，都是你的功勞。因為你創造出奶油飯糰這種嶄新的商品，我們的店才能夠迅速擴張。」

「但現在已經不再像之前那樣受歡迎了，是我的實力不夠好。」

「你再做出新的不就好了嗎？如果是你的話，一定能再做出暢銷商品的。我對你的期待很高。」

「不，新經理才來半年就被炒魷魚了。當初是我帶他來的，我對他也有責任，我會再去別的地方重新出發。之前設計的飯糰食譜全部留給你，請你用那些食譜繼續努力吧。」

「……拜託，算我求你了。」我甚至跪在地上，試圖挽留葉山，但他的心意已決。

接下來，好多事情都在一瞬間土崩瓦解。

連葉山這樣賭上人生來創業的廚師都不再繼續支持，我察覺到了自己能力的極限。如今我才知道，至今為止是在多少人的支持下，才得以受惠於無數的好運。連大谷那個人，對我來說都是難得的夥伴。削減的成本愈來愈多，我用盡千方百計想讓店面能夠存活下去。

不過新菜單的開發也不順利，陷入了只得繼續依賴葉山留下來的奶油飯糰的處境。

然後又過了六個月，當所有店面的奶油飯糰報廢數量超過銷售數量時，我清楚意識到自己已經輸了這場賭注。我決定關閉兩間新店面。

於是，包含增貸的部分在內，我總共欠下了三千萬元的貸款。雖然兩間舊店面可以保持現狀繼續經營，但不知道是不是受到便利商店合作案的影響，還是奶油飯糰人氣衰退的關係，米角的形象全然成了一家價格昂貴的飯糰店，營收不再像以前那樣成長，幾乎無法創造任何利潤。

就算繼續經營下去，也絕對不會有撥雲見日的一天。再加上收拾新店面也要支出一筆費用，所以我事先就知道下個月的營運資金會短缺。還要再增貸資金出來？還是要放棄？

我決定讓這如夢似幻的兩年半就此落幕。米角在問世的兩年半後，毫無疑問地，破產了。

第16章

格局

有一億元格局的人，
就會有一億元；
有一千萬元格局的人，
就會有一千萬元匯聚而來。

二〇一一年十一月十一日　晚上十一點

「你知道自己犯了什麼錯嗎？」

「太相信奶油飯糰的人氣會持續下去？」

「嗯，那也是其中之一吧……你運氣不好。

「不過真正犯的錯還有其他幾項。首先是你太過相信自己了。

「金錢這面鏡子所映照出來的你的真實面貌，還沒有到那個程度。你把金錢的巨大能量使用在錯誤的方向。擴張或維持原狀，你自己限縮了那個選項，同時也挑錯了時機，錯估了東西的價值。應該不需要我再深入說明吧。你唯一做對的事情，大概就是不怕失敗而已。」

「我無法原諒大谷的一點，就是他那個時候為什麼不肯讓步。我知道那傢伙因為便利商店合作案的事，心中多少還留有芥蒂，但身為一位經營者，我認為這是正確的判斷。」

「把錯怪在別人身上無法解決問題，他應該是遵循身為投資人的原則吧。從你答應給他營收五%的那一刻開始，他的心思就不在米角上了。我調查過大谷這個人，與其說他是個企業家，不如說他頂多就是個創業顧問吧。重要的決定全都交給你負責了。」

「但因為工作性質的關係，他身邊明明有一大堆想創業的人，為什麼還特地選擇來找我呢？」

「他應該是從他的角度，看出了你身上經營者的資質吧。很多想創業的人沒有你那麼老實，也沒有你那麼認真。他跟你一樣，看到身邊創業的人，就無法擺脫『明明我能做得更好！』的想法。但在跟你一起創業的過程中，他應該也有那麼一刻，領悟到自己好像也有極限吧。但事實如何，得親自去問他才知道就是了。」

◆

對於真正艱難的時期，我的記憶是一片空白。

決定關店的半年間，我連睡覺的時間也沒有，成天窩在M站前店盯著帳簿與現金流量表看。

工作以外唯一記得的，就是太太離家出走的事。

雪上加霜的是，女兒愛子的健康狀況在此時急劇惡化。

我與太太自從米角生意走下坡以來，就三天兩頭起口角。

這也是理所當然的。因為我違背承諾背上貸款，事業的存續也處在岌岌可危的狀態，每個月都像在走鋼索一樣。

「你到底有沒有把愛子放在心上！她是你的孩子耶，你不心疼她嗎！」

「怎麼可能。只是我現在也無能為力，暫時先忍一忍吧。」

「你老是這樣，總以自己的事情為優先。現在、現在、現在，每次都在敷衍了事。」

「你說那是什麼話！照理來說，我現在才是最需要人支持的時候，我才想說你只顧著自己吧。」

「我從頭到尾都沒提到自己的事。愛子的事情你到底有什麼打算？她生病了耶！」

「我知道、我知道！」

愛子最後住進了醫院，她的病情還是不太樂觀。

即使如此，我依然每天埋首於工作中。

雖然心裡想著明天、明天一定要去女兒愛子的醫院，但每天要結束時實在累得半死，明明是自己的女兒，卻什麼事情也沒為她做到。就在那樣的日子裡，有一天我太太親自踏進了M站前店。

這是兩年半來她第一次這麼做。

「我們離婚吧。」

太太的手中握著離婚協議書。我也沒有力氣反駁她了，便決定照她的要求在離婚協議書上蓋章。

我當時認為，這樣做都是為了太太與女兒好。

◆

「我說了金錢是反映你樣貌的鏡子對吧。」

「有錢的時候，自負地想爭一口氣，然後沒錢以後，憔悴得不堪入目，給周圍的人添麻煩，背叛重要的人……前後兩者都是我，我就是個軟弱的人。」

「每個人都有弱點，不過有的人即使沒錢也能笑著過日子，也有人能夠珍惜身旁的人。我想告訴你的是，金錢只不過是決定人生的其中一項要素而已。唯一要注意的是，如果不謹慎處理的話，金錢會把你的人生弄得一團亂。」

「老先生，您究竟是何方神聖？現在應該可以告訴我了吧。」

「那我最後再問你一個問題，你剛才說離婚是為了太太與女兒好，那是真心話嗎？」

「……**怎麼可能！**」

我的聲音迴盪在四周。在這座沒有人影的廣場上，我的聲音漫無目的地飄蕩著，隨後消失不見。

我沒有一天不感到後悔，後悔自己怎麼會那麼愚蠢。

在離婚協議書上蓋章，是因為不想給她們母女倆添麻煩。借錢的事實不會消失，為了治療愛子而存的錢，絕對不能因為我宣告破產而被奪走。幸好太太還很年輕，應該還有機會改嫁他人。對愛子來說，就是新的父親。

生意做得風生水起時，我自視甚高，自以為很有生意頭腦，看周圍所有人都覺得很愚蠢。但真正愚蠢的是我才對。

「您聽完我的故事以後，也認為我真的很愚蠢吧。」

「看到你被金錢玩弄於股掌之間，幾乎要失去一切的樣子，的確是滿愚蠢的。」

「您到底想說什麼？」

「不過就是錢而已。」

「我背了一身債，這是毫無疑問的事實。如果想還清這筆錢，要花多少年的時間啊？」

「你什麼也不懂。」

「那你自己又懂些什麼了？不過就是想聽聽我的失敗故事來取樂而已吧？你這人真差勁！打著鬼牌的名義，究竟想做什麼！不就是想取笑我有多蠢嗎？」

「你一點也不蠢，只是太容易被金錢牽著鼻子走了。那就像任何人都逃不了的陷阱一樣。要滿足於一定程度的錢是很困難的，有錢會讓人想要得到更多。雖然在金錢的處理方式上，你犯了很多錯，但你在經營上犯的錯，其實只有一個。

「就是認為『奶油飯糰的人氣會永遠持續下去』，如此而已。

「如果奶油飯糰一直維持同樣的銷量，情況會如何呢？是不是所有事情都會進行得很順利呢？」

「那是一項嚴重的失誤，不僅影響到我自己，也連帶攪亂了許多人的命運。沒看清楚這一點的我，必須負起責任。」

「你對自己太嚴格了，沒有人要你那樣做。只是有一點你要銘記在心，那就是世上沒有絕對的事。沒有運氣的話不會成功，運氣不好的話，規劃得再怎麼縝密的計畫，恐怕也會失敗。不過，**沒有人會一輩子運氣不好**。**關於金錢只要採取正確的行動，總有一天會成功的**吧。重點是要一而再、再而三地揮棒。」

「才沒那回事……因為你沒有實際經歷過失敗，所以才能說得那麼輕鬆。負債的人要重新起步，是一件負擔多大的事啊，負債三千萬元耶。」

「不過如果用來交換自己重要的事物，這是非常便宜的金額。」

「就算是這樣……」

「一年前的你，應該覺得這是觸手可及的金額才對。當時的你跟現在的你在外觀上沒有任何改變吧？改變的是你的心態吧？

「為了賺到更多錢，你失去了平常心，遭遇失敗。接著失去金錢以後，你又再次失去了平常心。」

「難道我只要一直滿足於兩間飯糰店就夠了嗎？不，還是說，我應該要滿足於再更之前的銀行員身分呢？」

「誰也不知道假想的世界會怎樣。不過，只有實際經手過金錢，才能累積金錢相關的經驗，你得到的就是那些經驗。不是像銀行員那樣經手別人的錢，而是經手自己的錢的經驗。」

「但經驗沒辦法變現吧。」

「這要看你怎麼想了。你說你做出了錯誤的判斷，但那些經驗在你日後做判斷時，一定會派上用場。判斷過一千萬元的經驗，應該會在日後變成一千萬元的格局，化為你的一部分吧。下次再有一千萬元來到你手中時，你會怎麼做？那就再也不是『如果我有一億元』的那種天方夜譚，你肯定能夠採取切合實際的用錢方式，那是任何事物都無法取代的經驗。」

「但我也許再也無法拿到那麼多錢了。」

「不，沒那回事。有件事情說來神奇，錢會集中在有足夠格局的人身上。有一億元格局的人，就會有一億元；有一千萬元格局的人，就會有一千萬元匯聚而來。」

「我很難相信你說的。」

「我說過『錢絕對是從其他人那裡來的』對吧。金錢就像在整個世界循環流動一樣，就算能暫時擁有那流動中的水，也無法永遠占有它。所謂的有錢人，一定會把錢儲存、借出或投資給某個人。那種時候要選誰才好？如果有一千萬元的話，會投資給那邊那群國中生嗎？會儲存在月薪三十萬元就滿足的上班族那裡嗎？如果那樣做的話，彼此都會變得不幸吧。所以一**定會交給具有足夠格局，能夠應付那筆金額的人啊**，那是無庸置疑的事實。」

我逐一回顧起這個漫漫長夜中聽到的話。

雖然無法很篤定地說我完全理解老人想傳達的概念了，但我已經接收到一點點他試圖傳達的訊息，也就是金錢擁有奇妙的危險性。若能再多從這個老人身上學到一點什麼，說不定就能夠融會貫通了。

老人緩緩地開口。

「你說你有個名叫愛子的女兒對吧？」

「對，她現在在縣城南部的大型醫院。她已經住院好一段時間了。

「但我沒有任何能夠為她做的事情。如果有錢的話，應該就能為她做些什麼，但如今我卻連付錢這件事都做不到了。當初之所以離婚，也是考慮到既然我無法再提供金錢的援助，那麼讓她們成為單親家庭，在這個國家會比較容易拿到補助。」

「你打算一輩子被金錢控制是吧。」

「但事到如今，我哪裡還有臉見她們呢？連半毛錢都拿不出來……」

「你打算當個貨真價實的笨蛋是吧。」

第17章

遺言

請當作我的遺言，
仔細聆聽。

這一回，老人的聲音響徹整座廣場。不同於原本說話慢條斯理的聲調，那充滿魄力的低沉嗓音直接牢牢揪住我的心。

「請你現在立刻、立刻去醫院！去見你女兒一面。今天是你女兒動手術的日子。」

為什麼老人會知道這種事？

我的腦海中閃過這樣的疑問，但老人接下來說的話狠狠地踹醒了我。

「無法用錢換來的東西，就用實際行動去換來吧。這跟你是貧窮或富有一點關係也沒有，所以你現在立刻趕過去！」

◆

好，我知道了！

嗯，我知道醫院在哪裡。

這是計程車錢嗎？

不好意思！

我立刻出發！

◆

「別放在心上，你盡快趕過去吧。」

在老人的目送下，我急忙跳上一台計程車。

把醫院名字告訴司機後，計程車隨即轟隆作響地衝了出去。

儘管我什麼也沒說，但司機似乎認為情況緊急，一路上都用最快的速度奔馳著。

抵達醫院時，只剩下夜間出入口還開著。從夜間出入口進去以後，院內已經熄燈，光線昏暗不明。只有部分燈光還亮著，我朝著光源的方向飛奔過去。

那裡是護理站。

「抱歉，我是後藤愛子的爸爸。呃，不，應該是柏木愛子吧。」

一名頗具威嚴的女護理師訝異地看著我，但她見我臉色鐵青的模樣，似乎意會了過來，很有禮貌地開口回應我。

「不，是後藤愛子沒有錯。她今天動手術，剛剛才結束而已。您太太在手術室前等待。」

我踏著急促的步伐，穿過又長又暗的醫院走廊，直到抵達護理師說的位置。

一到手術室前，就看見一個熟悉的身影，孤零零地坐在長椅上。

那是我的太太。

「呼呼……愛子的手術怎麼樣了？」

「……老公？你怎麼在這裡？」

「理由晚點再說。愛子的情況還好嗎？」

「醫生說是很困難的手術，但他說他盡全力了。」

接下來的二十分鐘，我與太太久違地單獨對話。

我開口向她道歉。

「對不起，這段日子以來，我什麼忙也沒幫上。……那個……」

太太打斷我的道歉之詞，開始訴說她的想法。

「我一直以為只有我自己感到痛苦。你總是在忙工作的事，從來不顧家庭，只有我在照顧愛子。雖然你說你很愛家人，但不管你賺再多錢回來，都無法證明什麼。你在家的時候，總是一副自己已經盡了義務的樣子。我的想法跟你所期待的不同，雖然你好像一直以為是因為事業不順利，我才會跟你離婚的，但我早在那之前就有這個想法了。」

「……我很抱歉。」

「不，沒關係。但我發現那個想法也一樣自私。這次的事情讓我重新思考了一遍，我們彼此都很任性。對愛子來說，那種事情根本無所謂，我們兩人能好好相處，對她來講才是最重要的。我們都太隨心所欲了。你認為有賺錢回家就夠了，我則氣你怎麼會覺得只要有賺錢回家就夠了呢？

「我跟愛子說我們要離婚時，她什麼也沒說，但她堅持不要改姓。她頑固的樣子是遺傳到你吧。我沒有權利奪走那孩子的父親。

「我們別再因為自己的任性，而折磨那孩子了吧……」

太太說到最後嗚咽了起來，聲音迴盪在走廊上。

「我知道了……」

想要傳達的念頭不斷湧出，堵塞在胸口。為了開口說出這句話，我也盡了全力。

◆

哐啷。

不知道手術室的門打開時，我們在醫生眼裡是什麼模樣。

不可能出現的父親出現在那裡，母親則哭腫了雙眼。

年輕的主治醫師只向我們默默行禮，便前去更換手術服。

半敞的門後，勉強看得見剛做完手術的愛子。

從手術室移到推床上要前往病房時，我見到了愛子的面容。

愛子閉著眼睛，麻醉藥效似乎還沒有退。

「愛子，你還好嗎？會不會痛？」

我來到她的身邊，對她說話。聲音迴盪在寂靜的醫院，雖然覺得自己會被一旁的護理師出言制止，但我無法克制話語脫口而出。

「愛子，對不起……」

只見她微微睜開眼睛，確認是我以後，便露出溫柔的淺笑。

「愛子，你認得我嗎？我是爸爸呀。」

「……太好了。」

話才說完，愛子又閉上眼睛。她的床直接被推往病房。

「請你不要這樣，患者剛動完手術，不能讓她太激動，不然對身體不好。」

即使如此，我還是試著對她說話。「這樣會影響到其他患者，請你先離開這裡。」護理師制止我說。

愛子離開以後，我與太太佇立在醫院走廊上，不知何去何從。

「那個……不好意思，請問是後藤先生嗎？」

剛才在櫃檯告訴我手術室位置的威嚴女護理師走了過來。

「呃，你是後藤先生對吧？剛才有位老先生請我將這封信轉交給你。」

她的手中握著信封。我接過那個信封，上面寫著「致 後藤英資先生 鬼牌筆」。

◆

嘿，英資老弟，剛才謝謝你了。

謝謝你與我分享你成功與失敗的故事。

首先，我想向你道謝。

然後也謝謝你趕來這裡。

這是我與某個小女孩的約定。

我是在這間醫院認識她的。

我也曾住過這間醫院，直到一個月前才出院。

那段日子我孤零零地住在個人病房，有一次她搞錯房間跑了進來，

後來她也三不五時就跑來找我，

趁著護理師不注意的時候，假裝跑錯了病房。

她真是個心地善良的孩子，

我想她是看出了我的寂寞吧。

她的觀察沒有錯，我有個摯愛的妻子，

但在一年前因病過世。

然後，由於我們沒有孩子，

因此我真的成了舉目無親的人了。

公司的人每天都會來幫我打點一切，

所以我的生活並沒有什麼不便之處，

但他們畢竟不是能夠與我坦誠相見的家人。

關於你的事，我是聽小愛提起才知道的。

她非常地喜歡你喔。

但她說自從你創業以來，幾乎無法與她見面，

每天都忙得不可開交。

我從她的片段描述中，去推測你的事情。

我想你一定是受到金錢擺布吧。

她每天都在等你來看她。

我很難過自己沒辦法為她做些什麼。

連我這樣的孤單老人，她也對我如此體貼，

所以我不能眼睜睜地看她陷入不幸。

我在出院時跟她約好了，

「我一定會帶你爸爸來這裡。」

那個時候，她的身體狀況一天比一天還差。

然後，我在出院以後，用盡各種方法，

找到你這個人。

我以前也跟你一樣是個企業家。我經歷過無數次的失敗，並從中學習，最後終於得以功成名就。
我也曾多次受到金錢的擺布，
我想是直到我擺脫金錢的操弄以後，
才真正能夠獲得成功。
成功的必要條件是挑戰精神與經驗，而不是錢。
再來就是，能夠帶給你各種經驗的環境也非常重要，
你自己親手毀了那樣的環境。
你所做的事情，幾乎都沒有錯，
只是少了一點運氣罷了。

你要帶著那些經驗去哪裡呢？
總不會是要帶進墳墓裡吧？
我一向高度肯定經歷過失敗的人，

因為失敗這種東西，是只有做過決定的人才能獲得的。

不知道你有沒有意願再試一次呢？

我的公司也有餐飲部門，

這間公司當初也是從餐飲開始愈做愈大的，

你要不要在那裡做做看管理的工作？

在我公司上班的話，債務也能一點一點還清吧。

最重要的是，我希望你別再讓女兒傷心了。

我已經調查過你的背景，你的經歷無可挑剔，

但你對於金錢所具備的神奇力量太過無知了，

所以我必須教你一些關於金錢的事。

你能不能夠敞開心胸聽我說話，就是入職測驗。
當你來到這間醫院以後，你就替人際關係
打開了新的一扇門。
從明天開始，我希望你能到下面這間辦公室來。

鬼牌筆

讀完這封信以後，我重新回顧過去，不禁流下幾行淚。我打從心底覺得，那個總是抱怨運氣不好、看誰都不順眼、毫無作為的自己，實在很沒出息。我這才理解，被金錢擺布而看不見周圍，究竟是什麼意思。

我問護理師，寫這封信給我的老人去了哪裡？她指了指夜間出入口的方向。

我簡單地向太太說明信件的內容，還有這個晚上發生的奇妙事件。

「拜託你了，我希望你能跟我一起來。」

「我知道了。」

我牽著太太的手，拚命加快腳步奔向來時的路。在昏暗寂靜的走廊上，太太努力想跟上我的步伐，她上氣不接下氣的喘息聲從背後傳來，推動著跑在前方的我。

「鬼牌先生！請等一等。」

此時老人正要鑽入車內。

「嗯？什麼事？」

「您為我做了這麼多，我真的不知道該說些什麼才好。那個，謝、謝謝……」

話才說到一半，鬼牌就開口打斷我。

「接下來要說的話，拿去對你女兒說吧。我只不過是遵守了與她的約定而已。還有，你從明天開始，去一家小小的玉子燒店當實習店長，沒問題吧？」

「沒問題，請儘管吩咐！」

老人搭上車子，司機輕輕地關上車門。趁著司機繞到駕駛座前，我湊到車窗旁問了老人最後一個問題。

「鬼牌先生，請您再告訴我最後一件事。您為什麼不從一開始就表明身分呢？那樣的話，我就不會對您說那麼多失禮的話了。」

老人露出略顯戲謔的表情，說道：

「王牌要留到最後才拿出來啊。在那之前，要靜觀其變。跟你聊天非常愉快喔。」

話一說完，老人便示意司機，將車子緩緩開走。

我與太太一直目送老人的車離開，直到看不見為止。

「老公……」

太太輕輕握住我的手。時間應該已經超過凌晨十二點了吧。昨日已逝，新的一天已經開始。我用力回握太太的手。

◆

關於我後來發生的事，或許也沒有必要交代了。

說起來也是理所當然，畢竟故事並沒有一個完美的結局。

因為接下來才是真正的開始。

鬼牌先生交給我的玉子燒店，雖然沒有做到生意興隆的程度，但也一步一腳印地成了地方上深受愛戴的名產店。我想出來的玉子燒串招來了新的客人，評價還算不錯。現在正努力想達成再開一間店的目標。

此外，女兒的手術結果很順利，讓我們得以過上普通的生活。她從明年開始復學。雖然學年晚了一年，但可以去上學這件事，似乎比任何事情都還讓她高興，每天都快樂地待在媽媽身邊。看到女兒甚至能夠幫忙做家事，我幾乎要喜極而泣。

至於改變我人生的老人，鬼牌呢……

在那之後也教導我很多東西。並且像是口頭禪一樣，總在話題結束時加上一句：「這是我的遺言，因為我搞不好明天就會死了……」

不過，到目前為止，完全沒有那樣的跡象。

謝天謝地。

後記
創造不被金錢擺布的人生

錢，是我們每天都在經手的東西。但日本卻沒有談論金錢本質的文化。這樣一個小小的想法，使我起心動念，想要創造出與大眾分享金錢本質的契機。於是我便以自己在商場上痛苦的失敗經驗為題材，完成了這個故事。

本書中出現好多句鬼牌語錄，令人印象深刻的句子也許因人而異，但我想介紹其中最令我感觸良多的一句話。

「金錢是反映自身樣貌的鏡子。」

我覺得這句話精準地掌握了金錢的本質。

只要看一個人用錢的方式，就能了解他的所有行動、生活型態與興趣嗜好。不信你可以試著收集自己一整個月的花錢收據，再拿給某個人看看。相信你的飲食生活、行動範圍、興趣乃至個性，幾乎都會被看得一清二楚。

換句話說，金錢的使用深受我們的思考方式影響，並毫無保留地呈現出思考或行動的結果。

如果一個人手中有很多存款，那就是自我管理能力很強的結果。

如果一個人花錢在音樂上的比例較高，我們就知道那個人是喜歡音樂的。

如果一個人的年收入很高，那就可以說他是長時間努力提升自己，所以結果反映在收入上吧。

相反地，如果有人嘴上說著「想對社會有所貢獻」，卻只把錢花在自己身上，那就毫無說服力可言。

這是鬼牌從頭到尾都想傳達的觀念。各位有注意到嗎？

他想從各式各樣的角度告訴英資，重要的不是金錢本身，與金錢的相處方式，才是自身的體現。

「**每個人都有各自有能力支配的金錢額度**」，意思就是如果自己本身格局不夠大，就不會有大筆金錢流入，就算碰巧流入了，也會再全數流出。

「**把錢帶來給你的，絕對是自己以外的其他人**」，意思就是周圍的人會看出你的格局，並替你帶來相應的機會。換句話說，在沒做好準備的情況下，不會有超出那個格局的機會到來。若從相反的視角來看，就是自己無法解決的問題，不會落到自己的身上。

「**失敗這種東西，是只有做過決定的人才能得到的經驗**」，這句話當中涵蓋的訊息就是，一般的失敗純粹是指金錢減少的事實，但從中獲得的經驗卻非常寶貴。

那些覺得不想失敗的人，其實很多是有著強烈的「不想失去金錢」的想法，他們不是害怕失敗，而是害怕金錢。換句話說，人生會因為金錢而無法勇於挑戰，而如此深受金錢影響的我們，不妨重新從用錢方式的觀點來檢視自己，這就是鬼牌所傳達出來的重要訊息。

鬼牌在最後傳達的重要訊息，是來自信中的一句話：「你一定是受到金錢擺布吧。」在意擁有的金錢多寡、社會地位，還有想要得到金錢的念頭太過強烈，以致於看不見家人的愛情或友情；一切全憑人生中能得到的金錢多寡來決定，以致於走錯方向；比金錢更重要的事物，全都不放在眼裡。這些事情有多可怕，全都濃縮在一句話裡了。

「工作與我，哪個重要？」是情侶之間常說的話，當然，對任何人來說，工作（也就是金錢）與我（也就是愛情或友情）都很重要。換句話說，兩者兼顧而非偏重任何一方，可以說是提高我們生活品質不可或缺的一件事。而掌握其中關鍵的，就是聰明地與金錢往來的能力，而不受到金錢的擺布。

最後，是我在十三年前創立財金學院這所金融與經濟學校，每天關注、思索金錢的本質，並與眾多聽講生討論金錢以後得出的結論。

那就是「**金錢是將信用可視化後的產物**」。

正如鬼牌所說的「把錢帶來給你的，絕對是自己以外的其他人」一樣，錢只會被帶給有信用的人而已。如果有很多信用的話，就會有很多錢以機會的形式到來。

而信用是過去行為的累積，過去行為則是每天思考的累積。

換句話說，每天的思考會創造行動，行動會創造信用，信用最終會展現出以金錢為形式的結果。

上學讀書也是，遵守與朋友的約定也是，腳踏實地工作也是，全都是為了創造信用而做的事。一旦創造出了信用，就會以金錢的形式殘留下來，那些錢則會成為替我們增加選項的工具。我認為這樣的工具愈多，就愈能夠實現充實的生活。

金錢，是每個人都必須一輩子打交道的對象。

正確地學習與培養義務教育沒有教的「金錢素養」，才會替人生創造餘裕，並促進更好的人格形成。但願本書能夠成為其中的助力。

泉正人

國家圖書館出版品預行編目（CIP）資料

富者的遺言：改變人生的致富格局 / 泉正人著；劉格安譯 . -- 初版 .
-- 新北市：一起來出版，遠足文化事業股份有限公司，2024.03
面；14.8×21 公分 · --（一起來；ZTK0046）
譯自：富者の遺言
ISBN 978-626-7212-58-5（平裝）

861.57　　113001122

一起來　0ZTK0046

富者的遺言

改變人生的致富格局

富者の遺言

作　　者　泉正人
譯　　者　劉格安
主　　編　林子揚
責任編輯　張展瑜

總 編 輯　陳旭華 steve@bookrep.com.tw
出版單位　一起來出版／遠足文化事業股份有限公司
發　　行　遠足文化事業股份有限公司（讀書共和國出版集團）
　　　　　231 新北市新店區民權路 108-2 號 9 樓
電　　話　(02) 2218-1417
法律顧問　華洋法律事務所　蘇文生律師

封面設計　江孟達
內頁排版　宸遠彩藝工作室
印　　製　通南彩色印刷股份有限公司
初版一刷　2024 年 3 月
定　　價　400 元
I S B N　978-626-7212-58-5（平裝）
　　　　　978-626-7212-56-1（EPUB）
　　　　　978-626-7212-57-8（PDF）